繋《つな》がれた欲望

真山きよは

イースト・プレス

contents

序章　秘密

「レディ・ノエル、お客さまの面会ですよ」

談話室に入ってきたシスターの声に、あちこちから羨望《せんぼう》の溜め息がもれる。

良家の令嬢を預《あず》かる欧州でも名だたる名門、クラウドベリー修道女学院はロンドン郊外のさらに西、のどかな田園地帯にあった。

美しい尖塔《せんとう》がそびえる優雅な学舎《がくしゃ》、なだらかな丘陵《きゅうりょう》と花々の咲き乱れる緑の野原。ウサギやリスが遊ぶ木立や小川に囲まれた乙女の園《その》で寮生活を送りながら、年頃の娘たちは嫁《とつ》ぐ日を指折り数えている。

彼女たちはフランス語をはじめとする学問の他にも、日々刺繍《ししゅう》を習ったり、舞踏会や観劇にふさわしい上流階級のマナーや教養を厳格なシスターから学んでいた。

「よかったですわね。お待ちかねでしょう、ノエルさま」

「あとでお話、聞かせてちょうだいな」

「ありがとう。行ってきますね」

と、人懐こい笑顔で立ちあがったのは、ノエル・レディントン——娘ざかりを迎える令嬢たちの中でも、ひときわ輝く美しさをまとった乙女だった。

おっとりとした物腰に、甘くけぶるようなスミレ色の瞳とハニーゴールドのふわりとした巻き毛が、生来の優美さをより引き立てている。

清楚《せいそ》な空色のドレスにレースの前掛けをつけた姿は、同性の友人たちをも思わず微笑ませてしまうほど愛らしい。

「彼女は幸運ね。あの誰もがうらやむ社交界の星、ランチェスター伯が婚約者だなんて」

すこし離れた席に座る他家の令嬢たちが、顔を寄せ合ってまた溜め息をつく。

二年近く前にノエルがやってきてからというもの、学院にはランチェスター伯爵からの惜しみない多額の援助が寄贈《きぞう》されている。

そのうえ毎月、パリやローマから取り寄せた高級菓子や上等のワインをシスターや令嬢みんなのぶんまでたっぷり贈ってくれるので、彼の人気は高まるばかりだ。

したがって、没落《ぼつらく》した元伯爵令嬢だからとノエルを見下す者など、もちろんいようはずもなかった。

「なんでも、幼いころからの許婚者《いいなずけ》同士だとか。叔母から聞いたのですけど、伯爵さまは昔からノエルさまひとすじで、どんな美女や有力家の令嬢から言い寄られても、けして応えようとはなさらないのですって」

「ノエルさまのお家が没落したあとも婚約を破棄《はき》せず、後見人としてずっと見守ってこられたのよね。本当に愛情深くなければ、とてもできないことだわ」

グループのなかでも年かさの令嬢が、肩をすくめてつぶやく。

「たとえもともと貧しかったとしても、彼女の気品とお美しさはとびきりですもの。明るくて気立てもよいおかただし、とても殿方が放っておかないでしょう」

「……それもそうですわね。ちょっとはしたないお話ですけど、沐浴《もくよく》のときノエルさまとご一緒すると、つい女同士なのに見惚《みと》れてしまいますの。変かしら」

「いいえ、わかりますわ。あのきめ細かな肌のお美しいこと。もし私が殿方なら、きっと夢中になってしまうわ」

あどけない学友の真珠《しんじゅ》色に艶めく無防備な肌は、いまだ殿方との色事を知らぬ令嬢たちにもなぜか不思議な憧れをかきたてるのだった。

そんなたわいもないお喋りが談話室でつづいているころ——。

ノエルは頬を初々しい薔薇《ばら》色に染めて、恋しい婚約者のもとへと足を速めていた。

来客用サロンの扉の前で、弾んだ息をととのえる。

軽くノックしてから扉をあけると、窓際にたたずむ青年がふり返った。

引き締まった長身に、瀟洒《しょうしゃ》なフロックコート。デザインはシンプルなものだが、見るものが見ればすぐに特権階級ならではの最高級生地と仕立てで、カフスや懐中時計から靴まですべての上質さが見てとれるはずだ。

「ルシアン！」

「やあノエル！　久しぶりだ」

ルシアン・ランチェスター——ノエルの幼なじみ、そして初恋のひと。

父の早逝《そうせい》によって名門家の爵位と莫大《ばくだい》な資産を継承した若き伯爵は、ノエルと七つ違いの二十三歳だ。

やや長めの黒髪が、濡れたような青みをおびて艶めいている。優雅さと高潔さをあわせもった容姿は少年時代から社交界の賞賛の的《まと》で、甘さと鋭さとが絶妙に調和した美貌は近寄りがたいほどだ。

なかでもひときわ目をひくのは宝石のような彼の瞳で、深みのある緑のまなざしに見つめられた相手は、年齢や性別を問わず魅了《みりょう》されてしまうのだった。

「元気にしていたかい？」

そう言ってルシアンは、うやうやしくノエルの手をとり軽くくちづける。

子どものころは、会えば無邪気に抱擁を交わしていたものだが——いまは逆に、婚約しているとはいえ年頃の男女だというたしなみがある。ましてや場所が女学院とあっては、この程度の挨拶《あいさつ》が妥当《だとう》だといえた。

——ルシアン……なんだかまた一段と素敵になったみたい。

頬を淡く染めて、ノエルは小さく頷き返す。

多忙な彼がここを訪れるのは数か月に一度だが、会うたびに大人の男性としての貫禄《かんろく》を身につけていくようだ。おそらく伯爵としての責務がそうさせるのだろう。

「はい。おかげさまで毎日楽しく過ごしています」

「そうか、ならばいい。今日は天気がいいから外を歩こう。院長に許可はとってある」

こうして彼に連れられて、ノエルは学院近くの小さな森を散策することになった。

季節は秋の終わり、深い赤や黄色に染まった落ち葉が舞い散る。

風はときにひやりとするが、ルシアンの言うとおり、陽射《ひざ》しはぽかぽかと暖かくて気持ちがよかった。

「たまにしか顔を見せられなくてすまない。寂しくはないかい？」

「お友達がたくさんいますし、毎月お手紙を書いてくださるだけでじゅうぶん嬉しいですわ。お仕事、お忙しいのでしょう？」

「ありがたいことにね。父が遺してくれた部下は優秀だし、叔父や父の旧友の方々もなにかと手助けしてくれる。所領の運営はこれまでどおり安定しているが、みんなにも相談して海運投資をはじめてみたんだ。それが順調で、ついこのあいだまで欧州各国をまわってきたところさ。パリで何着かきみの新しいドレスを注文しておいたよ」

「でもたしか、このあいだも贈っていただいたばかりですのに」

「あれは外出用のデイドレスだろう。今回は夜会用のものだ。パリでいちばんだという評判のデザイナーに頼んだんだよ」

端整な顔を屈託なく和らげるルシアンを、ノエルはまあ、とすこし呆れて見あげる。

彼が後見人になってからというもの、ドレスならこれまでも数えきれないほどあつらえてもらっているのだ。それも、この学院では着る場もないような華やかなものばかりだ。

それでも彼の好意はすなおに嬉しくて、ノエルは今回もドレスを彼の城館に保管してもらうよう頼んだ。

「ありがとうございます。ですけど、これまでもたくさんのドレスを仕立てていただいているでしょう。もうじゅうぶんですわ。クローゼットからあふれてしまいます」

「心配しなくても我が家の衣装部屋《いしょう》はもっと広いよ。母や祖母などは毎日のようにドレスを仕立てていたものだ……けれど、きみがそう言うのならしばらくは控えよう。どのみち我が家に来てからまた仕立てればいい。さて、それでつぎは靴にしようか、それともアクセサリーのほうがいい？」

「ルシアン、聞いて――」

「いいんだ。私がそうしてやりたい。きみは生涯の伴侶となる大事なひとなんだ。ランチェスター家の名にかけて、英国一幸福な花嫁にしてみせるよ」

瞳を細めるルシアンに、ノエルは頬を赤らめる。

「私なら、もう一生ぶんの幸せをいただいていますわ」

端整な美貌がときおり見せる、太陽のように暖かなまなざしや、はにかんだ笑顔――そんな彼を、ただひとすじに恋い慕ってきた。

――あなたが大好きよ。ルシアン……昔から誰よりも優しく勇敢なあなたは、私の騎士《ナイト》なの。

貴族たちが夏を過ごす避暑地で、幼いノエルはルシアンに出会った。当時の彼は名門男子校の寮生で、毎年、夏のあいだだけ帰省していたのである。

避暑地で見かける黒髪の少年は、他の男子のように乱暴だったり、とり澄ましたりするともなく、なにかとノエルに優しく接してくれた。

とあるパーティで彼女が母親に叱られてべそをかいたときには、上等な正装服のポケットいっぱいにお菓子を詰めこんできてくれて、庭園の片隅に隠れて一緒に食べたりもした。だからといって、ルシアンは柔弱《にゅうじゃく》な少年ではなかった。

いまでもよく覚えているのは、ある晩夏の出来事だ。

花摘みに夢中になっていたノエルは若い乳母《ナニー》が目を離したすきに、気づけば森の入り口まで来てしまった。

ガサガサと鳴る草むらに好奇心を刺激され、近づいてみると傷ついた山鳩《やまばと》がうずくまっていた。雉《きじ》撃ちの流れ弾にでもあたり、舞い降りてきたのだろう。森の反対側では大人たちによって狩猟が行われていたからだ。

『まあ、かわいそうに』

手が汚れるのもかまわずに、ノエルはハンカチで山鳩をつつんだ。

このままでは狐やイタチに襲われてしまう。どこか安全な木の洞《ほら》にでも…、とあたりを見まわすと――。

『どうしたんだい、こんなところで』

その若い下僕は、狩猟中の貴族たちに先駆けて獲物を追いこむ役目をしていたらしい。

山鳩を保護したノエルをまぶしげに見つめると、

『こっちにいい場所があるよ。ついておいで』

と言って彼女を森の奥に連れていこうとしたのだ。途中まですなおに従っていたが、さすがにノエルも薄暗い森のなかはおそろしく、やっぱりいいですと断って大人たちのところに戻ろうとした。

『待ってくれ、お嬢さん……ああ、痛くしないから』

しかし下僕は息を荒らげてノエルの腕をつかみ、彼女が悲鳴をあげたとき――。

『ノエルから離れろ！』

駆けつけたルシアンが下僕に体当たりをして、ノエルは草むらに倒れた。

『くっ、邪魔するな』

目の色を変えた下僕がナイフを取りだし、ルシアンに襲いかかる。刃が彼の左腕をかすめ、鮮血《せんけつ》がシャツに滲んだ。

『いやあ、ルシアン！』

二度目の悲鳴を聞きつけた大人たちも、遅れて森に駆けつけてきた。

しかしすでにルシアンは腕を負傷しながらも、乗馬鞭《むち》を巧《たく》みに使って下僕を打ちのめし、たったひとりでノエルを守りきっていた。

『ごめんなさい、ごめんなさい……ルシアン』

『僕ならだいじょうぶだよ。きみが傷つかなくて本当によかった』

『だけどあなたになにかあったら、わたし、悲しいわ』

『だったら笑って。そうしたら僕は元気になるし、いつでもきみを守ってあげるから』

腕から血が流れているというのに、ルシアンはそう言って微笑むと、泣きじゃくる少女の髪を優しく撫《な》でてくれた。

その瞬間、はちきれそうな想いが胸をいっぱいに満たして——ノエルははじめて恋のもたらすせつなさを知った。彼のことが大好きなのだとはっきり悟《さと》ったのだ。

下僕は、厳しい処罰を受けて追放された。

いまなら男のおぞましい目的も察せられるが、当時のノエルはまだ幼く、自分の身に迫った危険がなんだったのかもよくわからなかった。

それが逆にさいわいして事件による心の傷は浅く、それよりも目の前でルシアンが負傷したことにショックを受けて胸を痛めていた。

ルシアンの怪我は適切な処置がなされて、大事には至らなかった。しかししばらくのあいだは安静が言い渡され、左腕を包帯で吊る生活を送ることになった。

そんな彼のためにノエルは毎日花を摘んで、長い時間を一緒に過ごすようになった。両家の親たちがふたりの婚約話をまとめたのは、それからほどなくのことだ。

その話を聞いたノエルは嬉しさを通りこして茫然となり、そのまま熱を出して寝込んでしまったくらいだった。

しかしその後、ノエルの父が投資事業に失敗し、レディントン家は没落した。あとになってルシアンから説明されたことだが——産業革命時代への変化についていけなかった先代伯爵の代から、レディントン家の資産は急激に減少していた。投資はそれを危ぶんだ父の決断だったのだが、それが裏目に出てしまったのだ。

館も財産もうしなった責任からなのか、もともと心根の弱いところのあった父は失踪してしまい、残された母は気苦労から衰弱して生家を頼るほかなかった。当然、ノエルもルシアンとの縁は消えたのだと覚悟したのだ。

ところが、ルシアンは迷いもせず援助の手を差しのべてくれた。

彼自身、父伯爵をうしなって一年経つか経たないかの時期だった。それなのに婚約を破棄するどころかノエルの後見人として、彼女を名門の女学院にまで入れてくれた。いまも母への援助のほか、父の行方を捜しつづけてくれている。

その恩を返せるものならノエルはなんでもするつもりだったし、より深まった彼への愛は生涯変わらないと心に固く誓っているのだった。

「こうしてなにひとつ不自由のない生活を送れるのも、すべてあなたのおかげです。いまだって、そばにいてくれるのが夢みたいなのに」

「可愛《かわい》いことを言ってくれるんだね。ありがとう、私もおなじ気持ちだ」

風が木々の枝をざわざわと揺らし、色づいた葉が優雅な弧を描いて舞い落ちた。

ルシアンが足をとめ、深い緑の瞳がスミレ色の瞳を静かに見つめる。

こうして彼の一途《いちず》なまなざしを受けとめるとき、ノエルは幸福のあまりいつもめまいにおそわれそうになってしまう。

「ノエル、心からきみを愛してる」

「私も……あなたが大好き……、ルシアン」

大きな手に頬をつつまれ、恥じらいながらもそっと目を閉じる。

数秒、唇に温かな感触があり、胸がじんわりと甘くふるえた。

「……ん……」

いつもは一度で終わる羽毛のように軽いキスが、今日は二度、三度とくり返される。

――どうしたのかしら、ルシアン……久しぶりに会ったから？

女学院の乙女らが知り得る男女の知識など、たかがしれていた。

それでも友達と交換した数少ない情報から判断すると、ルシアンは世の男性たちよりだいぶ紳士的らしい。

はにかみ屋の彼は軽いキス以外ノエルに指一本触れてこようとはしなかったし、もちろん強引なふるまいなどされたこともない。

だから、彼にしては珍しいこともあるのだわ、と心の中で思いながらも、優しいくちづけの心地よさにたゆたっていた。しかし——。

「あ……」

しだいに触れあう時間が長くなり、名残惜《なごり》しげに押しつけられる唇の熱さにとまどいはじめたノエルは、とうとう瞳をあけてしまう。

すると思いがけず、婚約者の痛みをこらえるような表情を目にして、思わず声をかけた。

「どうかなさって？　具合でもお悪いんですか」

「……、なんでもないよ。仕事の疲れが溜まっているんだろう。帰りの馬車でひと眠りすれば元どおりさ」

ルシアンは、すぐにいつもの気品ある甘い笑みを浮かべる。

けれどもその笑みはあまりに完璧すぎて圧倒されるほどで——一瞬、ノエルは小さな歯車がずれたような違和感を、なぜか覚えた。

「どうしたんだい？　風が冷たくなってきた、そろそろ戻ろう」

「え…ええ、そうね。そうしましょう」

しかしそれはほんの一瞬のことだったので、彼の言うとおりなのだろう、とすなおに思い直したノエルは一緒に女学院に帰った。

「退屈な寮生活も、もうすこしの辛抱だ。年があけて春になったら迎えに行く。約束どおり、きみが十七歳になる夏に結婚式をあげるんだ。それまでいい子にしているんだよ」

別れぎわ、ふたたび騎士のように手の甲にキスを落として、ルシアンは馬車に乗りこむ。

「はい、ルシアン。私、ランチェスター家の……あなたの花嫁として恥ずかしくないよう、春までここで一生懸命学びます。あなたもお身体、気をつけてくださいね」

懸命に手を振って見送るノエルは、胸いっぱいの愛情とともに、窓に映る彼の横顔をいつまでも見つめていた。

将来の伴侶に対してはじめて感じた、かすかな胸の引っかかりもすでに忘れて——。

◆◇◆

「その道を左へ。そのまま北へ向かってくれ」

クラウドベリー修道女学院を離れてほどなく、ルシアンは馬車をあやつる御者にそう告げた。

「北でございますか、旦那さま。お屋敷とは逆の方向になりますが」

「ああ。立ち寄りたいところがあるんだ。急にすまない」

乗り出した身をふたたびビロード張りの椅子に沈ませ、深い溜め息をつく。

――ノエル……。

はじめて会ったのは、まだ彼女が七、八歳だったころだ。

神秘的な輝きを持つ真珠が硬い殻の中でまろやかに成長するように、あどけない少女から、たおやかな色香をおびた乙女へと――会うたびに美しく、そして愛らしくなっていく。

婚約を結んでからの歳月をふり返れば、両家に起こった出来事の数々はけして楽なものではなく、ルシアンはノエルを必死に守りつづけてきた。

まず大学を卒業する間際に、ルシアンの父が心臓発作で急逝《きゅうせい》した。

もともと両親にとってルシアンは遅くに授かった嫡子であり、身体の弱かった母はすでに他界している。

さいわい父の弟をはじめとする親族がルシアンをさまざまな方面から支えてくれ、なんとかランチェスター家の後継者としてやっていく目処がついたやさき、今度はレディントン家に問題が起こった。

ノエルの父が事業に失敗し、資産を手放すことになったばかりか失踪してしまったのだ。調査を進めたところ、レディントン家の抱えた負債は予想以上に大きく、ルシアンの一存で資産や館をとり戻すことは不可能だった。

ルシアンとしては全額補ってやりたいほどの気持ちであったが、自分が名門家を後継したばかりの若造だという立場もよくわかっていた。

そこで彼は叔父夫婦とも相談してノエルの後見人となり、彼女を全寮制の名門女学院に入れることにした。ノエルの母親にも援助を送り、父親の行方を捜索しつつ、せめて出来る限りの手はすべて打ったつもりだったが――。

運命はそれだけでは飽き足らず、ふたたび気まぐれで残酷な風を呼び寄せた。レディントン家の没落は、ルシアンに思いがけない人物との邂逅《かいこう》を導いてしまったのだ。

「旦那さま、この先はどうやら私有地になっておりますようで」

「いいんだ。ここの主に用がある。先に進んでくれ」

どれほど時間が経ったのか、いくつか森を抜けた先には、さらに深く陰鬱な森に周囲を囲まれた領地が広がっていた。

はるかにつづく高い格子塀は、まるで広大な敷地に入る者たちを拒むかのようだ。

それを目にしたルシアンは、背筋に悪寒《おかん》を覚える。以前、この古城を訪れたときのことを思い起こせば、いまでも忌まわしさに肌が粟立《あわだ》った。

しかしもはや、自分を救える可能性のある人間は彼しかいないのだ。

古びた紋章がかたどられた鉄の門柱に着くと、いったん馬車から下りた御者が門衛《もんえい》に用件を告げに行く。

しばらくそのまま待つと、門はゆっくりとひらいた。

——ノエル、きみを幸せにするためなら、私はすべての怖れを捨てよう。

青ざめた顔のまま、若き伯爵は秀麗な口もとを引き結ぶ。

夕闇が迫るなか、重厚なゴシック建築の城がそびえている。そのどこか不吉なシルエットに吸いこまれていくように、馬車は静かに進んでいった。

第一章　異変

　春の陽射しが、みずみずしい新緑に満ちた庭園と花々を照らしている。

　森と湖、そして見わたすかぎりの牧草地が広がる丘陵は平穏そのもので、鳥のさえずりしか聞こえてこない。

「ああ、懐かしい……」

　馬車を下りたノエルは、嬉しさのあまり声をあげた。

　歴史あるランチェスター家の城館は、バロック建築が流行した時代に改修されている。白漆喰《しっくい》とミルクティ色のレンガが織りなす優雅な城壁、大きな丸屋根とたくさんの尖塔が連なったシルエットは、名門貴族家にふさわしい壮麗な雰囲気だ。

　あれは、十歳の誕生日――。

ランチェスター家から百本もの薔薇が届けられ、正式に婚約の申し込みがあったのだと上機嫌の両親から告げられた記憶が、くっきりよみがえる。

——わたし、ルシアンのお嫁さんになれるの？

そんな驚きはすぐにあふれんばかりの幸福感へと変わり、ほどなく彼女は両親とともにこの城館を訪れたのだ。

それから月日は流れて——春の訪れとともに、今日からノエルはルシアンの婚約者としてここで暮らすことになる。

「思い出します、はじめてこちらにご挨拶に来たときのこと」

「私もおなじことを考えていたよ。大人たちのほうが緊張していたのが急におかしくなって、ふたりで隠れて笑いあったのを憶えているかい？」

「ええ、もちろん。ランチェスターのおじさまには、子どものころから優しくしてもらいましたわ……おばさまがお亡くなりになったあとも、いつもお茶の時間には私が好きなフルーツタルトを出すように言ってくださって」

「あのころは父もまだ元気だったな。私にとっては厳しい人だったが、きみのことは父なりに気を遣っていたんだろう」

名門家の嫡男として、ルシアンが幼いころから厳格に躾《しつ》けられてきたことは、ノエルもよく知っている。

ルシアンの父は生前、『我が一族の名に恥じぬよう、正しく生きよ』が口癖だった。ノエルから見ればささいなことでも、すぐに息子を書斎に呼びつけ、お説教していたのを憶えている。

『彼は男子だからね。いずれこのランチェスター家を継ぐために、もっと強く立派な人間になってもらわなければならないのだよ。ノエル、きみも大きくなったら彼を支えてやっておくれ』

ことあるごとにそう言っていたルシアンの父だが、ノエルにはいつも温厚な態度を崩さずにいてくれたのだ。

「あれからいろいろありましたわね……あとで教会にも連れていってください。お墓参りがしたいんです」

「ありがとう、両親もきっと喜ぶ。それにそのタルトなら、たぶんいまもレシピが厨房にあるはずだよ。さっそく焼かせよう」

「本当？　嬉しいわ」

大きく扉が開かれた正面玄関の前には、館中の使用人が総出で立ち並び、うら若き未来の奥方を出迎えている。

「ようこそいらっしゃいました、ノエルさま。一同、おいでを心待ちにしておりました」

「ご無沙汰しています、ヘイワードさん。これからどうぞよろしくお願いします」

白髪の老執事に笑顔で挨拶すると、ルシアンと腕を組んだノエルは重厚なホールに足を踏み入れ、くっきり影が映りこむほど磨《みが》きこまれたチェッカー模様の床を歩いた。

ホールからサロンにつづくアーチ型の高天井には、まばゆい神話画が描かれている。どっしりと太い円柱、彫像や絵画、緑の鉢《はち》植えなどが、細やかに手入れされている典雅な城館を彩っていた。

「落ちついたら今夜にでもきみのお母上に手紙を書くといい。体調しだいだが、結婚式にはぜひ参列して欲しいんだ。何度こちらで暮らすよう説得しても、辞退されてしまう謙虚《けんきょ》なかただ。これを機に考えをあらためてくれればいいのだが」

「ええ、そうします」

「お父上のことも気になっているだろうが、気落ちしないように。手を尽くしているんだ、そのうちかならず居所もわかるさ」

「……本当にありがとう。あなたには感謝してもしきれないわ」

「家族なんだ、当たり前のことだよ。みんなで幸せにならなくては」

婚約者の温かな思いやりを感じ、ノエルはスミレ色の瞳を潤《うる》ませながら、愛しい人の腕をぎゅっと握りしめた。

　大階段を上って、二階の長廊下をさらに歩く。別棟に用意されたノエルの部屋は、南西向きで広々としていた。

　半円形に配された大きな高縦窓からは明るい陽が射し込み、庭園から湖まで一望できる素晴らしい眺めが広がっている。

　やわらかな薄桃色に小花模様を散らした壁紙、壁に造りつけられた真っ白な暖炉。ビロード張りの寝椅子に薔薇の活けられた小卓、書き物机が用意され、奥にはさらにドレッシングルームと寝室がつづいている。

　おなじ伯爵家といってもレディントン家にくらべ、王家と遠からぬ血をひくランチェスター家ははるかに所領地の規模も大きな名門である。ノエルにしても、ここまでの部屋で寝起きするのははじめてだった。

　ノエル付きの侍女頭やメイドたちがお茶の支度《したく》をかいがいしくととのえ、おのおの挨拶をすませるとまたふたりきりになる。

「ああ、美味しい。やっぱりこうしてお部屋で飲むお茶がいちばん落ちつきます」

　芳しい香りを楽しみながら、ノエルはほっと息をつく。

　女学院にもお茶の時間はあって、それはそれで楽しかった。けれど堅苦しいシスターが一緒だったうえ、ここで出される最高級のお茶とはやはり品質がちがう。

「それはよかった。しかし到着早々すまないが、あまりのんびりとはしていられないぞ。まずは三日後の夜、きみのお披露目《ひろめ》のハウスパーティをひらく。日曜には所領地に暮らす者たちにも教会の礼拝で挨拶だ」

「はい、ルシアン」

「それからしばらく、社交シーズンのあいだはロンドンのタウンハウスで過ごす。女王陛下にお目通りをして、いよいよ社交界デビューだ。挙式の立ちあいを頼む大主教どのにもご挨拶をしておかなくては……忙しくなるが、耐えてくれるかい」

「ええ、もちろん。でも緊張しますわ、女学院で学んだダンスやお作法が、ちゃんと活かせればいいのですけど」

「きみなら大丈夫さ。どこに出しても恥ずかしくないレディだよ。なんならここでテストしてあげようか？」

手を取られて立ちあがると、ルシアンはノエルをリードしてなめらかなダンスのステップを踏む。

「きゃっ……ルシアン、どこかにぶつかったら危ないわ……！」

「そんなへまをこの私がすると思うかい？」

おろおろするノエルを面白がるように、ルシアンは彼女を抱きしめてくるくると回転する。その勢いのまま寝椅子に倒れこむと、笑い声をあげながらも、ふたりは乱れた息をととのえた。

「今日はずいぶん、羽目《はめ》を外されているみたい」

「ああ、嬉しくてたまらないからね。本当にずっと待っていたんだ、何年も……きみがこの館にきてくれる日を」

頬を撫でられ、いつもの軽いくちづけを予想してノエルは瞳を閉じる。

しかし、はじめそっと触れた唇は離れることなく、さらにゆっくりと押しつけられていった。

「ん……ん」

ノエルはぴくりと肩を揺らして、ルシアンの襟《えり》元をすがるように握りしめる。

——そう…よね。ここはもう女学院ではないのだし、このくらいで驚くなんておかしいわ。私もあと三か月で十七歳……彼の妻になるのだから。

女学院で漏《も》れ聞いた話では、社交界の淑女《しゅくじょ》たちは結婚相手を見定めるため、幾人かの殿方たちと親密な時を過ごすのだという。

しかし当然ながら婚前交渉などはもってのほかで、花嫁は初夜を迎えるまで処女でいるのが鉄則である。神に結婚の誓いをたてもせず、ふしだらな行為をすることは上流貴族の子女にあるまじき愚かな大罪なのだ。

かといって、身持ちを固くしすぎてお高くとまっているだけでは、殿方の興味を薄れさせてしまう。

そこで最後の一線を越えぬまま、押したり引いたりきわどい戯《たわむ》れを楽しむテクニックが求められ、それこそが社交界の楽しみのひとつだというのだけれど――ノエルには肝心のその戯れが具体的にどんなものなのか、いまだに曖昧《あいまい》なままなのだった。

とはいえもうルシアンとの結婚は秒読みなのだし、彼にかぎって強引な真似《まね》はしないはず。だから――。

こわいような、恥ずかしいような不思議な感覚に満たされながら、ノエルはおずおずと身体の力を抜こうとする。

すると、より深く重ねあわされた唇がやわらかいもので押し開かれ、くちゅりとなにかが入ってきた。

「っ、ふ……ぁっ」

驚いて反射的に身体を退《ひ》くが、いつのまにか寝椅子に横たわる腰をしっかりと抱きかかえられていて動けない。隣り合ってぴったりと密着した彼の体温が伝わってくる。

「お、お待ちになって。ルシア――」

「わかってる。婚礼を挙げるまでは、おたがい清いままだ」

溜め息まじりに優しく囁《ささや》かれ、安堵とともに甘い疼《うず》きが心に芽生える。

――だいじょうぶ、ルシアンは紳士だもの……それに、ずっと私のことを待っていてくれた騎士《ナイト》なのよ。

そう落ちつこうとするものの、とろりと熱いものが口中をゆっくりとまさぐり、引っこんでいたノエルの舌をからめとる。

「あっ……、ん……ん」

ひくんと肩が揺れ、たがいの舌を擦りあわせる行為を自覚したノエルの頬は、熱が出たように真っ赤になった。ルシアンが舌をうごめかすたび、ぞくんと甘い戦慄《せんりつ》が背筋を駆け抜け、熱に浮かされたような声がもれてしまう。

「――感じているのか？」

「え……？　か、んじて……？」

「こうしていて、気持ちがいいのかと聞いているんだ」

「あっ……よ、よくわかりませ…ん」

「だが、つづけて欲しいんだろう？」

いつしかルシアンの声は低く引き締まり、口調もこれまで耳にしたことのない命令調になっていた。

ハニーゴールドの髪に指が差し入れられ、くちづけはさらに激しさを増す。

「ン……ん、ふ…ぁ」

ぴちゃぴちゃとみだりがましい音が響いて、ねっとりと捏《こ》ねるように熱い舌がからみあうたびノエルは気が遠くなりそうになる。

——どうしたの、ルシアン……あなたがこんなに大胆《だいたん》だったなんて。ああ、でも……。

とまどいながらも彼に抱きしめられ、くちづけられる幸福感に満たされてしまう。

しだいに頭がぼうっとしてきて——なるほど彼の言うとおり、恥ずかしいながらもだんだん気持ちいいように思えてくる。

「ん……あ…ぁ、ルシ……アン…」

細い頤《おとがい》を上向けられ、じゅっと音がするほど強く舌を吸いあげられる。そのまま耳朶《みみたぶ》から首筋をねっとりと舐めあげられて、ふたたび身体がびくんと跳ねた。

「……本当になにも知らないのだな。もっとも女学院にいたのだから、男に目をつけられる隙などなかったはずだが」

熱い。

ぬるつく舌先と唇が肌を執拗《しつよう》に這《は》うたび、身体の奥底に薪《まき》をくべられていくかのようだ。喉がカラカラになり、風邪を引いて熱を出したときにそっくりだった。

ドレスの胸元に伸びた手がやわりと動き、胸の頂《いただき》をからかうように擦られる。

「っ、あ……ん」

瞬間、たまらなくむず痒《がゆ》くなったノエルは、あえかな声を発しながら無意識に身体をくねらせてしまう。

――いま、彼…胸を……？　それとも手があたっただけ……？

「なるほど。こうして抱きしめていると、よくわかる」

「な、なにが……ですか」

「きみが、こういうことを好む女だということがさ」

揶揄《やゆ》するような言葉に、はっと羞恥《しゅうち》心がよみがえった。赤面したノエルは、慌てて身体をもぎ離す。

「いいえ！　そんなこと、けしてありません」

「そうは思えないな。現にいまもこうして私の腕に身体を預け、せつなげな声で喘《あえ》いでいたのだから」

「ご、ごめんなさい……でも、なぜ急にそんな意地悪なことをおっしゃるの」

婚約者の突然の変貌《へんぼう》にうろたえる。なにか気にさわるようなことをしてしまったのだろうかと記憶を探るが、理由はわからなかった。

「意地悪？　まさか。褒めているんだ。ノエル、きみこそ私の妻にふさわしい世界でたったひとりの女だとね」

いつもは快活な緑の瞳が、まるで別人のように暗い熱情をたたえている。美しくも危険な獣のように獰猛《どうもう》さを秘めた、こんな彼を見たことがなかった。

もし、ここにいるのがルシアンとは正反対の性格をした双子の兄弟――とでもいうのなら納得もいくが、そんなことはもちろんありえない。

「どうした。怯えたような目をして」

鷹揚に微笑むルシアンが、華奢《きゃしゃ》な手首をつかむ。

「い、いいえ……そんなこと。ただ――」

「ただ？」

妖《あや》しい瞳に射抜かれるように見すえられ、なぜか心臓の鼓動がドキドキとはやまった。どう説明すればいいのか、ノエルが言葉を探していたそのとき。

「旦那さま、失礼いたします。ロンドンから電報が届きました」

ノックの音とともにドアの向こうから執事へイワードの声がすると、ルシアンは猫のような身軽さでするりと寝椅子から立ちあがった。

「残念だが行かなければ。私がいないあいだに、侍女頭のマーガレットとお披露目会のドレスでも選んでおくといい」

「……は、はい」

「なにも心配するな。きみはかならず私が幸せにする」

紅潮さめやらぬ乙女の頬に、ルシアンの手が触れる。

暗く燃える緑の瞳に見すえられ、くちづけに濡れた唇を親指でねっとりなぞられて――背筋に小さく甘いふるえがはしった。

そうしてドアが閉まると、婚約者を見送ったノエルは溜めていた息を大きく吐いて、ソファにへたりこんでしまう。

泣きそうな顔の頬をそっと両手でつつんでも、じんじんとした火照《ほて》りは冷めず、まるで悩ましい夢を見ていたようだ。

――ルシアンのあんな顔、はじめて見たわ。口調も雰囲気も、急にまるで知らない人みたいになって……でも。

『本当にずっと待っていたんだ、何年も……きみがこの館にきてくれる日を』

ダンスを踊りながら幸せそうに微笑んでいた婚約者を思い出し、ノエルは不安を打ち消そうとする。

「そう…よね。もうすぐ婚礼なのだし、彼だって気持ちが高ぶることくらいあるわ」

女学院の友達から漏れ聞いた殿方の話からしても、むしろいままでのルシアンが、男性にしては禁欲的すぎたのだ。彼はきっと幼いところのあるノエルを気遣い、紳士的なふるまいをずっと崩さずにいてくれたにちがいない。

いまの豹変《ひょうへん》には驚かされたものの、情熱的なくちづけに彼の気持ちがあらわれているのだと思えば嬉しかった。

両親と別離したあと女学院で暮らしていたノエルにとって、ようやく恋しい人とひとつ屋根の下で暮らせる喜びは、あまりに大きいものだった。このくらいのことで、長年かけて培《つちか》われたルシアンへの愛情と感謝の念が揺らぐことはない。

——私も彼にふさわしい花嫁になるようにつとめましょう。まずは素敵なドレスを選ばなくちゃ。

そう気持ちを切り替えて立ちあがると、侍女を呼ぶために呼び鈴を鳴らした。

◆◇◆

「おふたりでお過ごしのところ、申しわけございません」

花嫁の部屋から出てきた若き当主に、老執事は未開封の紙片を手渡す。と、ルシアンの足がふらついたかと思うと大きく身体が傾き、壁にぶつかりかけた。

「旦那さま、大丈夫でございますか」

「……ヘイワード……？　ああ、もちろん。このところすこし寝不足だっただけだ。ノエルを迎えるまでに、いくつか仕事を片付けておきたかったから」

どこか夢から目覚めたような感はあったが、主がいつもの上品な微笑みを見せたので、ヘイワードはうやうやしく会釈《えしゃく》をした。

「それで、なにか私に用だったのか？」

「――はい、そちらの電報をお届けにまいりました」

「ああ、これか。投資にはいちはやい情報収集が必要だ。いつも感謝するよ」

軽く頭をふると、ルシアンはすらりと背筋を伸ばして執務室へと向かう。

老執事は無言のまま、そのあとに付き従った。

◆◇◆

三日後――シャンデリアが煌々と輝く大広間で、未来の伯爵夫人ノエル・レディントン嬢のお披露目会が催された。

城館に来たばかりのノエルに配慮して、顔ぶれはルシアンの叔父夫婦をはじめとする親類たち、それに代々懇意《こんい》にしている数人の上流貴族だけである。

あちこちに美しい花が飾りつけられた邸内は、床も柱もすべてがぴかぴかに磨きあげられて輝き、数か月後に控えた挙式の日はどんなにか素晴らしいものになるだろうと、来客たちの期待を高まらせていた。

「新婚旅行のときには、ぜひ我が家の別荘にもお立ち寄りになってね。こんなに優雅で美しいご夫妻をお迎えできるなんて、一族の光栄ですから」

「まったくあなたのようなご婦人が花嫁とは、ルシアンは本当に幸せ者だ。ランチェスター家の未来も安泰ですな」

濃紫にビーズ刺繍をあしらった細身のドレスは、以前、ルシアンがパリで注文してくれたものだ。流行を取り入れながらも瀟洒なデザインで、慎《つつし》みを忘れない程度にひらいた背中を金色のリボンが編み上げるように飾っている。

アクセサリーは控えめだが、輝くハニーゴールドの髪がなによりも優美に彼女を彩っていて、見る者の目を釘付けにしてしまうのだった。

はじめは緊張していたノエルだが、ルシアンと叔父夫婦が場の雰囲気に注意をはらってくれたこともあり、しだいに華やかな夜会の空気に慣れていった。

「さあ、あなたもレディの集まりにいらっしゃい」

「は、はいっ」

「お手やわらかに頼みますよ、叔母上」

ルシアンの叔母モイラに腕をとられ、ノエルは女性だけが集まるサロンの一室でカード遊戯《ゆうぎ》を教えてもらう。みな穏やかな中高年の女性ばかりで、ノエルには好意的な雰囲気がありがたかった。

「……お父さまの件はお気の毒ね。でも希望を捨てないで。きっとどこかでお元気に暮らしていらっしゃるわ」

「ありがとうございます。私もそう信じていますの」

柔和で線の細いノエルの母親にくらべると、貫禄のあるモイラ叔母はどこか女学院の厳格なシスターを思わせた。しかしそれは名門一族に連なる貴族夫人として当然のたしなみであり、けして情や思いやりに欠けるような人ではない。

「ルシアンはあいかわらずあなたに夢中よ……仲良くなさい。でもいくら婚約しておなじお屋敷に暮らしているとはいえ、婚礼までは男女のけじめをつけておくんですよ。ルシアンもあなたもしっかりしているから、そうした心配はいらないでしょうけれど……一応言っておきますからね」

「はい、叔母さま」

城館に来た日、ルシアンと交わした大胆なキスのことが頭をよぎり、ノエルは内心ドキドキしてしまう。いったいどの程度のことまでなら許されるのか聞いてみたくもあったが、とても切り出すことなどできなかった。

そんな乙女の気持ちに気づくよしもなく、モイラ叔母は優雅にカードを切りながらグラスを傾ける。

「それにしても、あの事故には本当に肝を冷やしたわ。人間、大事なのは心根だとはわかっていても、彼のきれいな顔に傷でもついたら悲しすぎますからね」

「あの、事故って……」

「まあ、知らなかったのね。ごめんなさい、それならルシアンがあなたを驚かせないように黙っていたのだわ」

彼女の話によると、昨年の夏、ルシアンは落馬事故に遭《あ》ったのだという。

頭を強く打ったこともあって二週間ほど入院し、さいわい完治したが一時は屋敷にこもって静養していたのだ。

「そんな大けがを……？　秋に女学院にいらしてくださったときは、すこしお仕事でお疲れのようでしたけど、いつものようにとてもお元気そうでした。だから私、なにも気がつかなくて」

　モイラ叔母の言うとおり、ルシアンは自分を気遣って事故のことを黙っていてくれたにちがいない。

　大事に至らなかったと聞いてノエルは安堵したが、婚約者の間柄なのだから、なんでも話して欲しい、とすこし寂しく思う。

　やがて——カード遊戯も一段落し、ルシアンの挨拶をもって夜会は無事に終了した。

　招待客はおのおの馬車で帰宅したり、用意された客間に向かったりして姿を消し、使用人たちが宴の後片付けをはじめる。

「よくがんばったね、ノエル。来客のみなさんも、きみの愛らしさにすっかり魅了されてしまったようだ」

「ルシアン」

　レモネードを手渡すルシアンの顔は誇らしげな喜びに満ちていて、ノエルもほっと微笑んだ。

「みなさんが、とてもよくしてくださったからですわ。モイラ叔母さまも……そういえば、あなたが落馬事故に遭われたって聞きましたわ」

　叔母との会話を思い出してそう問うと、婚約者の秀麗な顔が一瞬、硬くなる。

「あ、ああ。事故といってもたいしたことはない。まわりが大事をとれとうるさいから、しばらく療養していただけさ」

「でも頭を打ったのでしょう。本当に、もうだいじょうぶなのですか？」

　心配そうなノエルに向かって、ルシアンは自分も手にしたグラスを口にした。ワインを一息に飲み干すと、安心させるように微笑む。

「もちろん問題ない。これまでどおり仕事もこなしているし、乗馬だって変わらず得意なのを知っているだろう。どうしたんだい、そんな寂しげな顔をして？」

　気づかわしげに顔をのぞきこむ婚約者に、ノエルはうつむいた。

　伯爵としての責務を立派に果たしているルシアンには、大人びた余裕がある。ノエルに対してもいつも優しく接してくれ、それはとても嬉しいのだが――ときどきなんだか、そんな彼との距離を感じてせつなくなるのだ。

「ごめんなさい。子どもっぽいと呆れられるかもしれませんけど、これでもあなたの妻となる身ですもの。これからはどんなことでも言って欲しくて。あなたのことならなんでも知りたいんです」

「可愛い人だね、ノエル。どこまで私を骨抜きにしたら気がすむんだ」

嬉しげに微笑むと、ルシアンは安心させるようにノエルの手を握る。

「黙っていたのは、きみを心配させたくなかったからだ。私はきみを守りたい。きみが悲しんだり、心配する姿を見たくないんだ……だからかならず幸せにする」

真摯《しんし》なまなざしを向けられて、はにかんだノエルは小さく頷く。そこへ執事のヘイワードがルシアンを呼びにやってきた。

「旦那さま、ホールデンさまがお帰りの前にお話をと」

「ああ、いま行く」

「でしたら私もご一緒にお見送りをしますわ」

「いや、仕事の話もあるからだいじょうぶだ。きみも疲れただろう、今日はもう部屋に戻って休むといい」

「わかりました。では、おやすみなさい」

「おやすみ、ノエル」

軽く頬にキスされ、ノエルは玄関ホールに向かうルシアンと別れた。

そうして自室に戻ろうと大階段をのぼりかけたものの、ふと杖をついた来客の老婦人が広間をのぞいているのに気づく。

「エメット夫人、どうかなさいましたか。なにかお捜しですか？」

たしかモイラ叔母と仲良く話をしていた伯爵夫人だったはず、と思いながら声をかけると、老婦人はほっとしたように顔をあげた。

「ごめんなさいね、ショールをどこかに置き忘れてしまったらしいのよ。えんじ色のシルクなの」

「まあ、すぐにお捜ししますわ。お心当たりの場所はありますか」

「ありがとう、ノエルさん。お優しいのね。たぶんサロンか書斎……画廊あたりかしらねえ。ああ、それと夕暮れまでは庭園側のテラスにもいたの」

「わかりました。見つけしだいお部屋にお持ちしますから、どうぞお休みください」

そう微笑むと、ノエルは通りがかったメイドを呼びとめた。使用人一同、エメット夫人のショールを見かけたら届けるよう伝えて欲しいと頼む。

そうして、自分は庭園に面したテラスに出た。すでに片付けが終わっているのか、人の気配はない。

日中は陽当たりがよく、お茶の席にも使われる場所だが、夜ともなればひんやりとした風が吹き抜けて肌寒かった。

「春先とはいえ、まだ冷えるわ……私も羽織《はお》るものをもってくればよかった」

両手をこすりながら、月明かりを頼りにベンチのあたりを捜していると、

「お捜しのものはこれか？　そこに落ちていたぞ」

はっとしながら振り向けば、来客のひとりが立っている。

ノエルはかすかに表情をこわばらせた。

——ランサム男爵のご令息……そう、たしかデレクさまだわ。

令息といってもすでに三十路《みそじ》近くで、両親とともに参加していた。ルシアンとおなじ黒髪で、容姿はハンサムと言えなくもない。しかし、どことなく蛇《へび》を思わせるような雰囲気があって苦手だった。

婚約者がいると聞いていたが、今夜のお披露目会ではノエルに意味ありげな目くばせを何度もしてきて、内心困惑していたのだ。

「ありがとうございます、そのショールですわ」

受け取ろうと手を伸ばすが、男は焦らすように身体を退いてニヤリと笑う。ノエルの逃げ道をわざとふさぐように、邸内への出入り口から遠ざけようとする。

「せっかく美女のあとをつけて好機を得たんだ。もっと愉《たの》しませてくれよ」

高慢な物言いとともに、強い酒の匂いがした。だいぶ酔っているらしい。

「それはエメット夫人のものです。どうかお返しください」

「あんたがちょっとだけ俺の言うことをきいてくれたら、喜んで返してやるかね」

「……私になにかご用があるのでしたら、ルシアンを通してお願いいたします」

まるでドレスの内側まで透かし見るような、いやらしい目つきだった。嫌悪《けんお》をこらえて答えると、男はふんと鼻で笑い、ショールを目の前の石畳に投げ捨てた。

「なにをなさるの……！」

失礼な態度にむっとしながら拾おうとすると――その隙をついて腕を強引にとられ、ノエルは全身をこわばらせた。

「は、放してくださいっ」

「思ったとおり、これはたまらん腰つきだな。もう男は知っているのか？　ルシアンの前ではしたなく脚をひらいて見せたか？」

欲望もあらわな息づかいが首にかかり、ゾッと肌が粟立つ。なんとか無視して腕をふり払おうとするが、男はしつこく言いつのってくる。

「貞淑《ていしゅく》なご令嬢の顔をしているくせに、身体はこんなにも熟《う》れて男を誘っている。俺の婚約者とは大ちがいだ……なあ、おたがい結婚するまでは楽しもうじゃないか。俺に抱かれた女はみんなヒイヒイよがり狂って歓《よろこ》ぶぞ？」

「いまなら誰にも言いません。お酒に酔われての戯《ざ》れ言《ごと》ということにしておきますから、どうかお部屋にお戻りください」

「いいねえ。怯えを隠して健気にふるまうその顔、極上品だ。浮気など多かれ少なかれ誰もがしていることだぞ？　夫や婚約者の目を盗む情事のほうが燃えるという女ばかりだ」

目の前で卑猥に腰を動かす真似をされ、ノエルは愕然《がくぜん》としてしまう。

いくら無礼な相手でもランチェスター家の客だと思えばこそ、懸命に立場をおもんばかってきたのに――しかしノエルの遠慮がちな応対が裏目に出てしまい、増長したデレクはさらに煽ってきた。

「あんたさえその気なら結婚後も愉しませてやる。あんなひ弱でお堅いお坊ちゃんにはとうていできない、激しいやつをたっぷりしてやろう」

さすがにルシアンを侮辱されては気持ちが乱れ、軽蔑《けいべつ》をこめて睨みつける。

「な、なんて恥知らずなことを。これ以上まだ無礼なことをおっしゃるおつもりなら、人を呼び――あっ！」

すると男はいきなり身体を寄せてきた。ぐいと腰を押しつけられて、悲鳴をあげようとした口を手で覆われる。

「んっ……ん、ん……っ」

信じられなかった。婚約者のいる貴族の男性が、おなじく婚約している他家の令嬢に対してこんな真似をしてくるだなんて。しかもここはランチェスター家の敷地内で、ノエルのお披露目があったばかりなのだ。

「無駄な抵抗はやめておけ。そうすれば気持ちのいいことをたくさんしてやるぞ」

なんとか逃れようともがくが、大人の男の力にはかなうわけもない。動揺し身悶《みもだ》えるさなか、ノエルは目の前の男を信じすぎていたことに気づいた。

どれほど酒癖が悪くても、仮にも男爵家の嫡男なのだからと――それがまさか、これほどの狼藉《ろうぜき》をはたらくとは思ってもいなかったのだ。

そんな自分の甘さが悔しく情けなかったが、どうにもならない。

――いやっ……！　助けて、ルシアン！

そのとき、うろたえるノエルの目の前で、突然デレクが大きくのけ反った。

ぐっ、という潰《つぶ》れた声に驚いてノエルが目を見ひらくと、背後からまわされた乗馬鞭が深々と男の喉に食いこんでいる。

「このまま湖に沈めてやってもかまわないぞ、デレク。ここは我が所領だ。酔って湖に落ちたと言えば疑う者はいない」

「ルシアン……！」

助けを求めていた婚約者があらわれ、ノエルは腰が抜けたようにその場に座り込んだ。

そう、あのときも彼は乗馬鞭を手に、彼女を襲った下僕を追い払ってくれた。

幼いころに救われた記憶が重なり、胸がふるえる――いつだって彼はノエルの危機を救ってくれる騎士《ナイト》なのだ。

しかし――。

うぐ、ぐっ、と息苦しげな唸り声をあげ、デレクは抵抗しようと暴れる。だが、がっちりと首を絞める乗馬鞭が邪魔をして振り向くことさえできないようだった。

やがて男の身体はがくがくと痙攣し、肌から血の気が引いていく。

「ル…シアン……？」

ほっとしたのもつかのま、ノエルは不安にかられた。

デレクの背後からのぞくルシアンの顔はよく見えないが、月光に反射した緑の瞳が怒りに燃えているのがわかる。

「もういいの、ルシアン。放してあげて。このままでは気をうしなってしまいます」

「人の皮をかぶった獣《けだもの》のような男に慈悲《じひ》など必要ないだろう。私のいちばん大事な宝物に触れる者は誰ひとりとして許さない。絶対にだ」

ぞっとするような冷酷な声音に装った気配はなく、背筋が冷えた。怒りに我を忘れたルシアンが、もし本当にデレクを殺《あや》めてしまったら。

「だめ……だめよ。お願い、もうやめて！」

蒼白になったノエルは立ちあがると、ルシアンの腕にしがみつき、大きく揺さぶる。

すると——そのとき、奇妙なことが起こった。

デレクを絞めあげているはずのルシアンの唇がかすかに動き、『やめろ』とつぶやいたように見えたのだ。

——え……？

一瞬、なにが起こったのかよくわからなかった。見まちがえたのだろうかと、ノエルは婚約者を見つめる。

と、彼女の視線に気づいたルシアンは、ようやく腕を下ろしてデレクを解放した。

どさりと石畳にくずおれた男が、げほげほと大きく咳きこむ。さすがに戦意を喪失し、立ちあがる力もないようだ。

「いますぐここから出て行け。そして二度と我が所領には立ち入るな。禁を破れば貴様とその一族を破滅させてやる」

氷のような声音でそう言い捨てると、ルシアンはノエルを抱きかかえて邸内に入った。

大階段を上り、別棟にあるノエルの部屋に戻ると、彼女をソファに下ろす。

「……っ、もうだいじょうぶだ。こわい思いをさせてすまなかっ——」

突然、ルシアンはめまいを覚えたようによろめいてソファの背もたれに手をついた。あれほど力をこめてデレクを拘束していたのだから、緊張の糸がとぎれたのも無理はない。

「ああ、ルシアン」

ルシアンを支えたノエルも、思わず彼にすがりついた。

「……ノエル……無事で…よかった」

「ええ、あなたが助けてくれたおかげですわ」

「あの男が城に来たときから、薄汚い色目をきみに使っていたのはわかっていたんだ。社交界でも札付きのクズで、我が所領に呼び入れたくはなかった」

後悔するように、ルシアンは拳を握りしめる。

「しかしランサム男爵には生前の父によくしてもらった恩がある。だから門前で息子だけ追い返すわけにはいかないと判断してしまったんだ。だが、それは誤りだった……本当にすまない」

「いいえ、私も不注意だったの。酒癖の悪い人だとしか思わなかったのに、あんなことになるなんて……すぐに人を呼ぶべきでした。ごめんなさい」

ノエルにおやすみの挨拶をしてからホールデン氏の馬車を見送ったあと、ルシアンはデレクの部屋に向かった。ノエルに近づかないようにと、直接警告しようとしたのだ。

しかしデレクの姿はなく、嫌な予感がした彼は城館じゅうを捜しまわった。さいわい、ショールを捜すノエルが庭園に向かうのを見た、という使用人に出くわし、急いで後を追ったのだった。

「きみが部屋に戻れば、あとはマーガレットが付き添ってくれると思い、油断した。こんなことは二度と起こさないと誓う。謝ってどうなるものでもないが……許してくれ」

「謝らないで。すこしからまれただけですもの、このくらい平気ですわ」

「きみをうしないたくない。ノエル……きみが傷つけられるのだけは耐えられないんだ」

さっきまでおそろしいほどの怒りに燃えていた瞳が、深い苦悩と後悔に揺れている。ノエルの胸に、愛おしさが満ちあふれた。

「でもルシアン、私にはあなたがいますもの。私が危ないときにはいつも、かならず助けにきてくださるあなたが」

「ああ。そうだな……これからもずっと……私はきみを守る。守りつづけてみせる」

しっかりと抱きしめられて、ノエルは婚約者のぬくもりに心が慰められた。

――そう、あなたは私だけの騎士《ナイト》。昔もいまも優しくて、勇敢で……そしてこれからもずっとそばにいてくれる。

この人と巡りあい、そして生涯の伴侶として一緒に添い遂げる。そんな未来に深く感謝しながらノエルはうっとりと目を閉じる。

すこしだけ、なにか気がかりなことがあったような気もしたけれど――ひどく気が動転していたせいで、もうはっきりとは思い出せなかった。


やがてノエルが落ちつきをとり戻すと、ルシアンは侍女頭のマーガレットを呼んだ。二十代なかばで、よく気がつく落ちついた物腰の女性だ。

「はじめての夜会でひどく疲れているんだ。温かい湯に入れて、眠る前によくリラックスさせてやってくれ」

「かしこまりました、旦那さま」

ノエルの名誉を守るために、すでにルシアンはヘイワードに命じ、朦朧としたデレクを馬車に乗せて内密に追い返している。だからもちろん、マーガレットはそんないきさつがあったことをまったく知らない。

しかし主から言い含められた頼みをよく守り、手早く湯浴みのしたくをととのえた。入浴中のノエルの髪をゆっくりとくしけずりながら、たわいもないお喋りをしてくれる。

「今夜のお嬢さまは本当に素敵でしたわ。ドレスもよくお似合いで、バッキンガムでのお目見えが本当に楽しみです」

「本当にありがとう、マーガレット……あなたのおかげよ。ルシアンが注文したときのサイズとは合わなくなっていたのに、あなたが急いでドレスを直させてくれたのだもの」

「ちょうど女性として体型が大きく変わるときですから。あるいはと心づもりをしていてよかったですわ。ノエルさまのお身体は同性の私から見てもとても魅力的で、うっとりしてしまいますもの」

花の香りのするシャボンにつつまれて話しているうちに、気持ちもいつのまにか和らいでいた。

やがて湯からあがったノエルは、純白のナイトドレスのうえにシャンパン色のサテンガウンを羽織り、オレンジピールの入った温かいお茶を飲んだ。

薔薇の香りのするオイルをすりこまれたハニーゴールドの髪は輝き、艶のある三つ編みに編みこまれていく。

「とっても美味しかったわ、このお茶。ぽかぽかするのね」

「ええ、風邪の予防にもいいんですよ……そろそろ眠るにはいい頃合いですわ。明朝は、すこし遅く起きられてもかまいません。夜会の翌朝はそういう慣例になっていますから」

「ありがとう、マーガレット。おやすみなさい」

心強い侍女頭が退出すると、ノエルも寝室に入った。

ガウンを脱ぎ、灯りを消して大きな天蓋付きの寝台に横たわる。

──いろいろあったけれど、とにかくお披露目が無事にすんでよかったわ……。

ルシアンやマーガレットのおかげで、せっかく不快な出来事を追い払えたのだ。悪い記憶を呼び戻さないように、楽しいことだけを考えようとつとめた。

──明日はみなさんにお礼状を書きましょう。なにかちょっとした贈り物を添えられたらいいのだけど……お花とか、焼き菓子とか。ルシアンに相談してみなくちゃ。

お茶のおかげで、身体も芯から温まっている。ほどなくノエルは心地よい疲労感とともに眠気を受け入れ、穏やかな寝息をたてはじめた。

と──。

城館じゅうが静謐《せいひつ》な眠りにつつまれるなか、音もなくドアがひらく気配がしたかと思うと、ついで寝台がギシリとたわんだ。

「ん……ん」

ハニーゴールドのふんわりした髪をすきあげられ、あどけない薔薇色の唇から溜め息がもれる。

上掛けがはだけられ、カーテンの隙間から細く月光が射し込む室内に、薄絹につつまれた乙女の身体が無防備に浮かびあがった。

　ふっくらと実った乳房に手がかかり、重みを確かめるようにそっと揺すられるが、ぐっすりと深い眠りに落ちたノエルは目覚めない。

　ナイトドレスの裾がまくり上げられ、乳白色の太ももやドロワーズ、さらにお臍《へそ》から張りのある双乳の下部まであらわになる。なだらかな曲線を描く若い肢体は悩ましく、熟す寸前の果実の誘惑に満ちていた。

　ゆったりとかすかにひらいた太ももの隙間に、かたちのいい唇がそっと押し当てられる。その唇は繊細なレース刺繍のなされたドロワーズのステッチをなぞり、やわ肌にそって脚をすべりおりていった。

「……ん……ふ」

　軽く眉を寄せたノエルは、くすぐったそうに身じろぎして横を向く。胸元にくしゃりと溜まったドレスから、かすかに桃色の乳首がのぞいたが気づくよしもない。

　なめらかな脇腹を撫で上げられ、ゆっくりと乳房の輪郭をなぞられているうちに、唇から深い溜め息がもれた。

　もぞりと身体を動かし、ようやく肌を這う悩ましい感触にぼんやりと意識をとり戻したものの――。

「あ……、んぅ！」

口をひらこうとした瞬間、温かいものに唇をふさがれて驚く。しかし眠気が邪魔をして、ノエルにはなにが起こったのかわからない。

「怯えるな。私だ」

「ル…ルシアンなの……？」

低い含み笑いが耳元で聞こえ、ノエルは動転した。あられもない姿態に気づいて赤面し、慌ててナイトドレスをととのえる。

「こ、こんな時間にどうして……私なら、もうひとりでだいじょうぶですわ」

「きみはそうでも、私のほうが収まらなくてね。いくら入浴して清めたといっても、他の男に触れられたまま、その身を放っておくのは我慢《がまん》ならない」

「え……？」

「今夜のきみがあまりに美しかったせいだ。リボンの合間から見える白い背中に、くちづけてやりたくてたまらなかった……叔母上がそばにいなければ、どこかの小部屋に連れ込んでいたところだ」

まるで別人のような口ぶりに愕然とする。このあいだとおなじだ——月光を受けて燃えるように輝く緑の瞳に、ノエルは射すくめられてしまう。

気高く優雅な美貌はいつものままなのに、冷徹で高圧的な口調は鞭のようで、違和感を通りこして畏怖《いふ》さえ覚えた。

「お、お気持ちは嬉しいです……でも夜会の最中に、そんなことをしたらいけませんわ」

「デレクだけではない。来客の若い男たち、いや年齢にかかわらず男はみんなきみを好色な目でこっそり見ていたんだぞ。頭の中で大事な婚約者を好き放題に穢《けが》されて、それに耐えろというのか？」

「まさか。いくらなんでも、それはみなさんに失礼——きゃっ！」

彼らしくもない直截《ちょくさい》な言葉にうろたえつつ、寝台の手すりにかけたガウンを取るために胸元を押さえて起きあがろうとする。しかしあっさりはばまれ、シーツに押しつけられた。

「気づいていないだろうが、事実だ。男を惹《ひ》きつけ、高ぶらせる媚薬《びやく》のような魔性がきみには潜《ひそ》んでいる。野山に蜂蜜《はちみつ》を置けば、香りだけで虫や獣《けもの》が群がってくるのと一緒だ」

「そんな……ルシアン、あなた、どうかなさったの……？」

「愛する女に狂わされて、男は豹変するものだ」

これまで見たこともない獰猛かつ蠱惑《こわく》的な笑みを浮かべたルシアンは、ノエルを抱きしめくちづけてくる。

ぬるりと舌を差し入れ、激しく口内をまさぐりながら——荒々しいほどの手つきでナイトドレスの胸元を一気に引き下ろした。

「ん……あ――いやぁっ……」

むっちりとした乳白色の乳房がふるん、とこぼれて、月光を受けた肌がぬめりをおびた真珠色に艶めく。

「愛らしく清廉な乙女の奥に、こんなにも淫らな肌が息づいているとはね。そしてこんな姿を見るのは永遠に私だけだ……きみは最高の秘宝だよ」

「淫らだなんて、そんなことありません。お願いですから見ないで……！」

乳房を隠そうとする華奢な手首をつかまれ、恥じらいのあまりノエルは泣きそうな顔で懇願《こんがん》する。

「夫となる者にも見せられないというのか？」

「い、いいえ。でも婚礼を挙げるまでは、……あ、んん……っ！」

「穢れた指で触れられたその身体を、私が清めてやる。これからもずっと、私だけを……私と、私の与えた快楽だけを求められるように」

ふっくらとした乳房をすくい上げられるように揉《も》まれ、ノエルは身体をこわばらせる。大きな手のなかで、やわらかな双乳がくにくにと無防備に弄《もてあそ》ばれてかたちを変えた。

「ああ、想像以上だ……ずっとこうしたくてたまらなかった。手のひらに吸いついてくる、このとろけそうな肌の感触――全身の血がたぎり立って、おかしくなりそうだ」

「あっ……だめ……だめです……ルシアン、こんなことしちゃ…っ」

「拒むな。はじめはくすぐったいだけだが、それがしだいに癖になるはずだ。触れられなければもっと疼いて、強い刺激を求めるようになるぞ」

その言葉が真実だということを、ノエルはすぐ身をもって実感することになった。

ルシアンの指は、焦らすように乳房の側面から乳暈《にゅううん》あたりをゆっくりと撫でさする。そうしてときどき思い出したように中心の小さな突起《とっき》をつついては、びくん、びくんと反応するノエルを見て楽しんでいる。

「見ろ、だんだん硬くなって大きくなってきただろう」

――ああ……どうして、彼の言うとおりだわ。恥ずかしい……。

ちりちりしたむず痒さがしだいに甘い刺激に変わっていき、スミレ色の瞳が羞恥の涙に潤む。彼に触れられただけで、どうしてこんなに身体が熱くなってしまうのだろう。

「ご、ごめんなさい。私……」

「なにを謝る。正直に感じていると言ってみろ」

「っ、そうおっしゃっても……ただ胸がなんだかむずむずして――あ、あ…っ！」

ふたたび凝った乳首をクリリと摘まれ、びりびりと鋭い愉悦《ゆえつ》が身体の芯をかき鳴らす。

ツンと痺《しび》れた乳頭が絞られるような疼痛《とうつう》につつまれた。

「それが感じるということだ。自分でもいじってみればわかる」

手首をつかまれ、胸の上に置かれる。

「どうか、どうかお許しを……できませんわ」

「自分の身体のことを知らずに、この先妻のつとめが果たせるとでも？」

「そ、それは」

困惑しきった瞳で、すがるように婚約者を見あげれば——黒い前髪が額に落ちかかるその表情は、圧倒されるほどに美しい。

荒々しくも甘く危険な誘惑に満ちているというのに、まるで魔法にかけられてしまったかのように、ノエルは彼から目が離せなかった。

「きみは私の妻だ。朝露に濡れた薔薇の蕾《つぼみ》のように清らかな、この世に一輪しかない大輪の花……それを開花させるのは夫の役目だ」

「……ルシアン……」

その言葉にはどこか切迫した真実味があり、冗談や悪戯《いたずら》にはとても思えなかった。

彼女にとってルシアンは優しく勇敢な永遠の騎士《ナイト》だった。これからもずっと人生を照らしてくれる太陽であり、愛を捧げるすべてだった。

ルシアンのいない世界など考えられない。彼の望みはなんでも叶えたかったし、一緒に幸せをわかちあいたかった。

伯爵家を継いだ彼は、もはや以前のようなはにかみ屋ではない。独立した立派な大人の男性になったのだろう。

ならば自分も、彼にふさわしい妻に……大人の女性にならなくては。

「わかり…ましたわ。こう、ですか」

か細い声で答えると、かあっと頬が熱くなるのを我慢して、ノエルはおずおずと裸の胸を撫でまわした。

乳首のあたりを指先で探ってみるが、ぎこちなくてとてもルシアンがしたようにはできない。それでも、従順なその態度は彼をいたく満足させたようだった。

「いい子だ」

ノエルを強く抱き寄せると、赤らんだ耳元に唇を這わせ、耳孔にねろりと舌を差し入れてくる。

「ひ、ぁっ」

耳をじっとりと攻められながら裸の胸をいじっていると、心臓がドキドキした。はしたないことをしている、そんな背徳感が押し寄せてひどくうしろめたかった。

──ああ……私、こんなにもはしたないことをしてしまってるのに……。

なのにその危ういスリルのせいで、五感がひどく敏感になっていくのはなぜだろう。いたたまれず、とても顔を上げていられなかった。

「恥ずかしがることはない。みんなしていることだ。すぐによくなる」

「あ……みんなが、ですか……？」

「そう、男と女はみんなそうだ。かつては私やきみの両親も。女学院のご学友の令嬢たちも、結婚すればこうして快楽をわかちあい、愉しむのさ」

「そんな……」

いくら婚前交渉はしないと約束してくれていても、こんな大胆な行為を強いられて、ノエルはとまどう。

本当に誰もがこんなことをしているのだろうかと、そういぶかしむかたわら、ふと頭の片隅に遠い記憶がよみがえった。

あれは、五つか六つのころだったろうか──。

季節は秋の夕暮れ、急に母に会いたくなったノエルがナニーの目を盗んで両親の部屋に向かうと、寝室から母の泣いているような声が聞こえてきた。

ドアの隙間からそっとのぞき見た光景は、小さな子どもには理解できないものだったけれど、いまならその状況も理解できる。

あのとき母の上にいた父は、たしかにいつもの寡黙《かもく》な雰囲気とは別人のようだった。

――そうだわ……だとしたらルシアンのこの変わりようも、殿方にとっては普通のことなのかもしれない……。

そう思うあいだにも、胸をいじるノエルの手の上にふたたびルシアンの手が重なり、大きく揉みあげられる。

「ああっ！　あ、ぁ……だめです、ルシアン……！」

「こんなにも実らせて、いやらしいものだな。触れれば触れるほど、男を誘ってぬめ光る魔性の果実だ」

「いや、いやです……どうかそんなふうにおっしゃらないで……私を汚らわしい娘だと思わないで……っ」

「淫らなきみを歓びこそすれ、蔑《さげす》んだりしないさ。褒めているのだと言っているだろう」

たわわなふくらみを寄せあげられ、ぷるぷると大きく揺さぶられて――されるがままにかたちを変える乳房は、先端をぽっちりと紅く尖《とが》らせ、たまらなく卑猥だった。

全身がじっとりと火照り、透けるような乳白色の肌があでやかな薄桃色に染まっていく。

「あっ……ルシアン……あ……あの」

いつしか蜜のような甘い疼きが身体の奥底からとろとろとこみあげてきて、どうしていいのかわからない。

緩《ゆる》い三つ編みにしていた髪もいつしかほつれて頬にかかり、濡れた唇が薄くひらく。

「どうした。言ってみろ」

「あ……恥ずかしいのに……か、身体が熱くて……へんに、なりそうなんです」

「それは喜ばしいことだな」

「な、なぜですの」

「きみがはじめて感じる、性の快楽だからだ」

「いや……そんな……っ」

直截な言葉で指摘されれば、ますます自分がはしたない娘のような気がして、消え入りたくなる。

「そのようすでは、ひとり遊びすら知らないようだな。女学院でませた学友に手ほどきぐらいは受けたものだと思っていたが」

「あの、なんのことだか……わかりません」

「教えて欲しいか？」

乳房に触れた片方の手はそのままに、もう片方の手を取ると、ルシアンはノエルの下肢《かし》へと導いた。

「きゃっ！」

「力を抜いて脚をひらけ」

「だめ！　だめです……そんな、できませ――ん、あ、ぁ」

きゅっと乳首をきつくつままれ、やわらかく転がされて、ノエルは喘いだ。

その隙にルシアンは彼女の太ももをやすやすと押し開き、膝を立たせてしまう。

「怯えることなどない。すぐに虜《とりこ》になるはずだ」

「いや、いや……見ないでください……あ、ぁっ……！」

陶器のようにすべらかな太ももを撫であげられ、その奥の慎ましやかな花びらに触れられる。びくんと大きくふるえた身体が、かあっと熱くなった。

「もう濡れはじめているな。いやらしい身体だ」

「おねがいです、ルシアン。せめて結婚式をあげるまでは」

「安心しろ、最後までは奪わない。ただ女としての快楽を教えておくだけだ」

「で、でも――」

「知っておくべきだ。いずれ妻として夫を歓ばせるつもりがあるのならな」

恥ずかしいところの輪郭をゆっくりなぞられ、知らずに涙がまなじりを濡らす。心臓が早鐘《はやがね》のように鳴っていた。

——こ……こんな恥ずかしいことが、妻の心得だというの……？

顔を覆いたかったが、すでに手は乳房と秘裂にあてがわれていて、どうしようもない。

細い指の上から重ねられたルシアンの手にうながされるようにして、しっとり湿った花芯をまさぐらされていると、ふいにくぷんとやわらかいくぼみに触れる。

「ん……あ……ぁ」

「わかるだろう、どんどんあふれてくる」

彼の言うとおり、すぐに蜂蜜のようにねっとりとした潤《うる》みが滲んできて、ノエルは声を詰まらせた。

さらにその卑猥なとろみを塗り広げるように、くちゅくちゅと上下に動かされる。そうして探りあてた小さな突起に触れたとたん、ずぅん、とたまらなく甘い痺れがはしった。

「っ、あ……あっ」

蜜にぬめった突起を揉みほぐすように、ぬるぬると指がすべる。腰の奥に熱い疼きが渦《うず》巻《ま》いていくようで、ノエルは無意識に身体をくねらせた。

「よく覚えておくんだ。自分がどこをどう触れれば悦くなるのか」

快感が強まるにつれ、小さかった肉芽は弾力を増してコリコリとふくらんでいく。そこを中心に下肢全体がずきずきと脈うち、たまらないほど気持ちがよくなってくる。

「ん……ぁあ、だめ…です……あっ、あ……そこは……っ」

「そうだ。そんなきみの声をずっと聞いてみたかった――もっと淫らに啼《な》かせたい」

吐息まじりのルシアンの声が、熱を持って低く弾む。

はしたない蜜にまみれて光る指先がようやく解放され、ノエルはほっとしたが、それで終わりではなかった。

シュル、としなやかな音がしたかと思うと、ルシアンは片手に黒い革製の手袋をはめ、その手で尖った淫芽をツゥッと撫であげたのだ。

「――っあ…、ひ……！」

高ぶっていたところに失禁しそうなほど濃密な喜悦《きえつ》がほとばしり、悩ましくくびれた細腰が跳ねる。驚愕にスミレ色の瞳を見ひらきながら、ノエルは背を反らした。

「いやっ……な……あ、あっ……あぁあ」

「この手袋は指先に少々細工がしてある。これで擦られればどんな女もやみつきになるらしい」

中指はざらざらと、そして人差し指はつるりとなめらか、さらに親指にはつぷつぷとした感触――それぞれの指が、むき出しの淫核をくりくりと交互に刺激してくる。

「あぁあ、あっ、あっ！　ん、や……あっ、あぁっ」

　ねっとり揉まれたと思えばギュウッとつままれ、お腹の奥に快楽の火花が散る。感触のちがう指が交互にぬちゅぬちゅと擦りたててきて、身体が芯からとろけだしていくようだ。

「あん、だめ……っ、ルシアン、ん、そこ、いやぁあ」

「こうしていると、ちがう男どもにいじられているように感じないか？」

「そ、なこと……いやぁ……っ」

　淫猥《いんわい》な妄想まで吹きこまれながら、愉悦に絶え間なく責めたてられ、頭が灼《や》けつくほどの快楽にノエルはむせび泣いた。

　さらに蜜をこぼす女芯に、熱くぬるんだものがぐちゅりと入ってきて——生き物のようにうねり、火照った襞をまさぐってくる。

「やぁあ、あ、なに……熱いのぉ……っ」

　太ももの内側にさらりとした黒髪が触れ、体内でこってりと動きまわるものが彼の舌だと気づいたノエルは軽いパニックに陥る。

　婚約者に自分の身体のいちばん恥ずかしいところを舐められる羞恥は耐えがたく、それでいて手袋に淫芽を弄ばれる快感に引きずられて、蜜口の奥までじんじんとおかしくなってくる。

ちゅぽっと抜き出された舌が花唇をネトネトと舐めまわし、ふたたびヒクつく蜜壺《みつつぼ》に押し入れられる。

それを何度もくり返されると、突き入れられるたびに甘美なうねりがこみあげてきて、大きくひらかれた膝がぶるぶるとふるえだしていた。

「ふ、この蜜の量……手袋の下の指までふやけてしまうぞ」

ノエルの反応を悦び、悦楽の証を突きつけるようにルシアンが意地悪く囁いてくる。

「あっ、あ……あぁあ……、だめぇ、もう……っ」

羞恥にかられながらも我を忘れていくノエルは、いやいやとハニーゴールドの髪をふり乱して喘いだ。

すると淫らな舌は今度はルビーのように凝《こご》った肉粒に狙いを定めて、ねろねろと大きく舐めあげてくる。かわりにざらついた手袋の中指がヌブリと女芯に沈み、ジュプッ、ジュプッと蜜が散るほど大きく抜き差ししてきて——。

「ん、あっ、あ——ふあっ……あ、んんんっ……！」

身体が浮きあがるような強靭《きょうじん》な快感に、ノエルは四肢《しし》をこわばらせる。

ぎゅっと閉じた瞼の裏がちかちかして、ビクビクっと媚壁が指に吸いつくように動いてしまう。それさえ気持ちがよくてたまらなかった。

「……あぁ……ルシ…アン……」

甘く淫らな絶頂感に満たされながら、愉悦に蹂躙《じゅうりん》された身体はやがてけだるく、重たくなっていく。

とろとろとやわらかくくちづけられ、こすりあわされる舌先や唇の感触にうっとりしていると、しだいに意識が遠のいていった。

「ノエル、きみの肉体はやはり極上だ。もっと熟《う》れ、もっと淫らになるだろう。私がたっぷりと仕込んでやる——愛しているよ」

将来の夫がつぶやくそんなおそろしくも淫らな予言は、もう乙女の耳に届かなかった。

第二章　散　蕾

ちらちらと揺れる暖炉の炎に、ルシアンは気がついた。

ここは……。

柱や壁に刻まれた見事な装飾。教会の内部を思わせる尖塔アーチの高天井。石造りの壁には鹿の頭や古武器が飾られ、重厚な雰囲気に満ちている。

静謐《せいひつ》な古城の奥深く、幾重《いくえ》にも閉ざされた扉のその向こう——忌まわしい記憶がよみがえり、悪寒が背筋を這った。

いったいなぜ、こんなところにいるのだろう。二度と行かぬと誓った、おぞましい悪魔どもの集う場所に。これは悪夢だ。

出口を目指し、ルシアンはあたりを調べる。しかしあるはずの出口はなく、ただ地獄へとつづく扉があるばかりだ。

――……シアン……、ルシ…アン……。

地下から懐かしい乙女の透明な呼び声が聞こえた気がして、ルシアンはぎくりと身をすくませた。

「ノエル？」

まさか、侯爵が約束を破ったのか？

心臓が早鐘を打ち、恋しい娘を助けたい一心で、彼はその扉をあける。

真っ暗な狭い階段を下りていくと、階下にふたたび暖炉の炎に照らされた薄暗いサロンが見えてきた。

影のちらつく壁に掛けられたさまざまな絵画――それは、全裸の美女に男たちが群がっているもの、ウエディングドレスを着ながら牧師に口淫する花嫁、自慰をするバレリーナの娘と、いずれも見るに堪えない淫猥なものばかりだ。

こんなところに、もしノエルが囚われていたら。

吐き気をこらえながら、ルシアンはさらに階段を下りていく。すると、しだいに人の気配やざわめきが大きくなってきた。

「うふふ……ほうら、もうこんなに興奮しているわ」

「ああん、いっちゃう、またいっちゃうのぉ……！」

みだりがましい喘ぎが、あちこちに反響している。

寝台や獣毛の上、あるいは壁に押しつけられながら、白い肉体をあらわにした女たちがなまめかしい姿態をくねらせていた。

「……おねがいですわ、もっと……あぁすごい……もっとちょうだい……」

高貴な面持ちの貴婦人が、粗野《そや》な農夫のような男に組み伏せられて嬌声《きょうせい》をあげているかと思えば——そのかたわらではふたりの姉妹らしい令嬢が、弟のような美貌の若者の腰に交互に顔をうずめてはクスクスと笑い、彼の喘ぐようすを満足げに確かめている。

さらに奥の大きな寝台では、淫具《いんぐ》をたがいの身体に埋めあったふたりの美女が腰をくなくなと振りたて、くちづけしたり乳房を吸いあったりしていた。

ノエル、ノエルはどこだ。

睦《むつ》みあい、淫らな姿態で喘ぐ娘たちの顔をひとりひとり確認しながら、ルシアンは狂気に満ちたサロンを歩く。すると、

「——あなたのお捜しの宝物は、ここにはなくてよ」

あでやかな声をかけられてふり返れば、長身の貴婦人が立っていた。

ドレスも黒なら、顔を覆ったベールも手袋も、すべてが闇のような漆黒。深紅のルー

ジュをひいた唇だけが、なまめかしい艶を浮かべて微笑んでいる。

おまえは……！

侯爵はどこにいる、そう貴婦人に詰め寄った瞬間――ゴシック建築の古城は砂のように崩れ、どろどろと溶け落ちた。

『きみも受け入れるのだよ。みずからの真なる姿を……彼女を幸せにしたいのだろう？』

老いながらもなお力強い男の声が響いたかと思うと、雷鳴のような激しい馬のいなきがとどろき、耳をふさぐ。

『まだわからないのか、ルシアン。我がランチェスターの名に恥じぬよう、常に正しく生きよと命じたはずだ』

悪霊のような父の声が天から降ってきて、幼い少年の悲鳴がこだました。

『父さま、ごめんなさい。僕、ちゃんとします……ランチェスター家の嫡男として、もっと強く立派な人間になります。だから、もう鞭でぶたないで。ここから出して……！』

激しい頭痛におそわれ、やめてくれ、とうめく。

天地がぐるぐると回転し、激しい落馬のショックに息が詰まって――芝の上に投げ出されたルシアンの目にふたたび映ったのは、目もくらむほどまぶしい真夏の空だった。

――ルシアーン！

を見まわす。

「ノエルっ」

銀鈴《ぎんれい》のように可憐な少女の声に呼ばれ、起きあがったルシアンはふたたび必死であたりを見まわす。

夏空の下に広がる白い天幕のもと、グラスの触れあう音がする。乗馬や狩りにおもむく大人たちのにぎわい。

ひどく懐かしい光景は、彼が少年時代に過ごした避暑地のものだった。

そう――彼はここではじめて、ノエル・レディントンと出会ったのだ。

もともと両親同士が社交の場でつきあいをつづけており、何度も夜会や保養地で顔を見かけては、ずいぶんきれいな子どもがいるものだ、と思っていた。

どこにいるんだ、ノエル。かならず助けてやる。きみを守るのはこの私だ。

夢ともうつつともつかない世界を、ルシアンはさまよい歩く。

生け垣に囲まれた庭園の泉水から、きゃっきゃっと子どもたちの遊ぶ声が聞こえてくる。

あそこにノエルがいるのだろうか？

そう、あるとき全寮制の名門男子校から帰省して避暑地におもむいた彼は、偶然、そこで水浴びをしているノエルの姿を見かけたのだ。

奇妙なことに、なぜか目が離せなかった。

いまでもはっきりと覚えている。雲間からちょうど夏の陽光が射し込んだ瞬間のことだった。透けるような白い肌、黄金に輝く髪が水しぶきに濡れ、少女はまぶしすぎるほどに光り輝いていた。

下卑た性欲を抱いたのでは、もちろんなかった。

十代なかばという年代だからそうした欲求はもちろんあり余っていたが、幼い少女に対する趣味性癖はまったく持っていなかった。

むしろその逆で、ルシアンは少女に神々しい聖女のような印象を強く抱いたのだ。

以来その日の光景は、まるで名画の一場面のように彼の心に強く焼きついた。

理由もまったく知れない、けれど雷に打たれたようなその想いは、彼女と親しく口をきくようになってからも日に日に増していった。

ノエルが危うく森で襲われかけたあの日も、ただ彼女を救いたいという一心で、腕の怪我などまるでかえりみなかった。光の申し子のような少女を傷つけるくらいなら、自分が血を流したほうがましだと、ひそかな充足感に浸《ひた》った。

そしてまた日々は流れて、どうやらノエルが自分に恋心を抱いているのだと悟ったとき、ルシアンの想いも、両親に彼女と将来結婚したいと告げるまでにふくれあがっていた。

心の底からノエルを愛しているという気持ちには、すこしの曇りもない。

もっともその裏には当然、彼女の清らかな心身を護りたい、他の男になど絶対に穢されたくないという激しい独占欲もあるのだったが……。

「ノエル、いるのなら返事をしてくれ！」

生け垣の向こうにいるかもしれない少女に呼びかけると、あたりはしんと静まり返った。風はやみ、小鳥のさえずりも――犬の吠える声も馬のいななきもなく、すべてが無音の世界になり、ルシアンは不吉な焦燥《しょうそう》にかられた。

「ノエル！」

思いきって生け垣をわけ入ってみれば、泉水を挟んだ向こう側の茂《しげ》みが、ガサリと大きく揺れる。

きらめくハニーゴールドの髪を一瞬、視界にとらえたルシアンは、さらにそのあとを追った。しかし生け垣の奥はまるで童話に出てくるおそろしい森のように広がっていて、空も真っ黒な雲に覆われていく。

「だめだノエル、戻ってくるんだ！」

森は危険だ。凶暴な男どもが、無垢《むく》な乙女を狙っていつ襲ってくるかわからないのに。

――ルシアン、ルシ…アン……。

風に乗って、ふたたび細々《ほそぼそ》と少女の呼ぶ声が耳に届く。

「ノエル、いまいく！」

節くれだった木の根に足をとられ、トゲのある灌木《かんぼく》に頬や手を傷つけられながら、ルシアンは懸命に彼女の姿を探す。

渡すものか。

あいつだ。彼女を奪ったのは、やはりあの老侯爵にちがいない。

確信とともに、臓腑《ぞうふ》を灼くかのような深い憎悪がぐつぐつと全身に広がっていく。

やがて茂みを払いのけた前方に輝くものを見つけて、ルシアンは心臓を射抜かれたような衝撃に立ち尽くした。

忌まわしい儀式に捧げられた生贄のように、平たく大きな石に全裸で縛りつけられているのは――少女ではなく現在の、もうすぐ十七歳になるノエルの姿だった。

むっちりと真珠の艶をおびて輝く双乳、くびれた腰からまろやかな曲線を描くお尻と太もも。そして淡い金茶色の下ばえに隠された花園までが、みずみずしく剝かれた果実のようにさらされている。

けれど、あどけなさの残る清廉な顔に浮かんでいるのは、恐怖でも羞恥でもない。

そこにあるのは、とろりと悩ましい官能の疼きだった。

――あぁ……きて、ルシアン……はやく、きて。

「ノエル」

誘惑に満ちた光景に耐えきれず、まるで別人のように身体を淫猥にくねらせる婚約者から、ルシアンは顔をそむけた。

ノエルの横には、漆黒のマントで頭からすっぽりと身をつつんだ男の後ろ姿があった。彼に怪しい薬でも飲まされたのか、あるいは催眠術にでもかけられたのか。

「約束を破ったな、侯爵！」

殺してやる。

清らかなノエルを守れるのは自分だけだ。穢れた手で聖女に触れようとする罪人は、誰、であろうとけして許さない。

激情にかられたルシアンは男をとらえようと、素手のままでつかみかかった。

しかし――。

『約束など、誰も破ってはいないさ』

よく聞き知ったその声は、記憶にある老侯爵のものではなかった。

マントのフードをむしりとったルシアンは、相手の顔を見た瞬間、声をあげた。

「――っ！」

跳ね起きたルシアンは、一瞬、自分がどこにいるのかわからず混乱する。

しかし薄闇に目が慣れてくると、しだいに悪夢を見ていたのだと理解した。ここはランチェスターの城館、慣れ親しんだ自分の部屋だ。

喉が嗄《か》れるほど大声をふりしぼったつもりだったが、誰も駆けつけてこないところを見ると、実際にはかすれたうめき声程度しか出ていなかったらしい。

しかし心臓はたったいま全力疾走を終えたばかりのように激しく脈うち、夜着はおろか、シーツまでぐっしょりと濡れるほど汗をかいている。陰茎が痛いほど硬く勃起していた。

ふるえる手でサイドテーブルから水差しをとり、グラスに注いで一息に飲み干す。

いったい、どうしてあんな夢を見たのだろう。

侯爵はもうこの世にはいない。自分はもう、あの汚らわしい世界からノエルを守りぬいたはずなのに。

いや、ちがう。なにかを見落としている。とても重要ななにかを……。

「う…っ」

ズキズキと頭が激しく痛み、ルシアンはなにかを遮断するように両手でこめかみを押さえる。

ノエル……守るために……約束……取引をした……いったい誰と……？

とぎれた思考は痛みによってずたずたに分断され、寝台に突っ伏した彼は、ふたたび意識をうしなった。

◆◇◆

「ん……」

朝の気配にぼんやりと気づいて、ノエルは目覚めた。

いつになくぐっすりと眠ってしまい――頭がはっきりしてくるにつれて、信じられないような昨晩の出来事がゆっくりと思い出されて顔色が変わる。

――ルシアンがここに……？　夢じゃ……ない……？

身体じゅうを執拗にまさぐってきた婚約者の指、そして唇、舌先。

別人のように尊大で大胆になった彼に触れられ、恥じらいながらも、生まれてはじめておぼえた淫らな愉悦と激しい絶頂感。

「！　わたし、なんてことを……」

婚礼前だというのに、ふしだらな歓びに我を忘れかけてしまうだなんて。羞恥のあまりこのまま消えてしまいたい思いにかられ、枕に顔を伏せる。

けれどそれは、はじめてルシアンと親密な男女のひとときを過ごした人切な思い出でもあるのだ。

ルシアンを愛しているからこそ、彼に触れられた歓びを忘れることなどとてもできない。

彼の言葉や愛撫を思い出すたび、せつないような、甘苦しい気持ちになってくる。

『よく覚えておくんだ。自分がどこをどう触れれば悦くなるのか』

こわいのに、それでいて抗えない誘惑を秘めた淫らな命令。

そのことを思い出すだけで、うつぶせた秘所のあたりがもじもじとした違和感を伝えてくる。散らそうと脚をすり寄せ腰を揺らせば、じんわりとした心地よさが広がり、ああ、と小さく喘いでしまう。

『きみは私の妻だ。朝露に濡れた薔薇の蕾のように清らかな、この世に一輪しかない大輪の花……それを開花させるのは夫の役目だ』

ルシアンの言葉どおり、昨夜以来、ノエルの身体には内なる薔薇の蕾が芽吹いて、静かに育ちはじめているような感覚があった。

――だめよ。こんな……だめだわ……。

もっと腰を揺らしたい本能に逆らうと――ともすれば癖になりそうな甘い疼きを断ち

きって、ノエルは身体を起こし、マーガレットを呼ぶ鈴を鳴らした。

身支度をととのえてもらってから階下に下りるが、朝食をとるほどお腹が空いていなかったので、気分転換にいちばん近い庭園を散歩することにした。

整然と刈りこまれた生け垣、チューリップ、クロッカスにブルーベルなどが咲く花壇。レンガの敷道のわきにはマグノリアの白い花が揺れていた。さらに奥には大きな薔薇園があって、すぐそこまできている本格的な開花を待ちわびている。

朝の清涼《せいりょう》な空気とともに花や緑の香りにすっかり気持ちを癒やされて、ノエルが城館に戻ろうとしたときだった。

「やあ、ノエル。はやいんだね」

「お、おはよう……ございます」

乗馬服に身をつつんだルシアンとばったり出くわして、ノエルは頬を赤らめた。

昨夜、あんなに乱れたはしたない姿を見られてしまって、どうしていいのかわからない。

しかしルシアンはそれにはまったく触れず、いつもの快活で優しげな笑みを浮かべるばかりだ。

「もっとゆっくり眠っていてもよかったのに。夜会の翌朝は多少の寝坊が許されるんだ」

「はい、マーガレットからもそう聞いていました。でもなんだか目が覚めてしまって、お庭を散歩していたんです」

「奇遇だな、私もだよ。一走りしてから汗でも流して、さっぱりしたくてね」

「まあ、それは健康的ですこと」

なんとかにこやかに答えるかたわらで、彼の手にはめられた乗馬用の手袋を見たノエルの身体は、かすかに脈をはやめてしまう――猥雑《わいざつ》な細工をほどこした革手袋で、蜜まみれの雌《め》しべをたっぷりといじられ、悶えさせられたことを思い出さずにいられなかったのだ。

そんなノエルの心中も気づかぬように、では行ってくるよ、とルシアンは彼女の頬に軽くキスをする。かすかな感触が心をふるわせ、またせつない胸苦しさがこみあげた。

「あの、ルシアン？」

「なんだい、可愛い人」

「き、昨日の……夜……いえ、やっぱりなんでもありません」

昨夜のように、もっと力強く抱きしめて欲しいと思いかけ――ノエルは、ルシアンに触れて欲しいと期待していた自分にショックを受け、ひそかに恥じ入った。

房事は寝室で秘めやかに行われるもの。こんな爽やかな朝に、なんてふしだらなことを口にしようとしていたのだろう。

ルシアンもそれをわかっているからこそ、ノエルに恥をかかせないように、こうしていつもどおりにふるまってくれているにちがいないのに。

「昨日の夜って？　ああ、夜会なら大成功だっただろう。なにも心配いらないさ」

「あっ……はい、あとでみなさんにお礼状を書きます。それとなにか、簡単なお礼の品を差し上げたらどうかと思うのですけど、いいでしょうか」

「もちろんさ。きみがよく気がつく人で、とても助かる。品物は一緒に決めようか。それともなにか心当たりはある？　あとで教えてくれ、楽しみにしているから」

そう言うと、美しい婚約者は微笑んで歩き去る。

——ルシアン、わたし……。

淡く頬を染めたノエルは、そんな彼の後ろ姿を静かに見送った。

身体の奥に芽吹いたばかりの薔薇の蕾が、ひそやかに息づくのを感じながら。


それから数日たった、ある朝のこと——。

ノエルと朝食をとり終えたルシアンのもとに、執事のヘイワードがやってきた。

「旦那さま、ロンドンから電報が届いております」

「ああ、ありがとう」

いつものように紙片を受け取ったルシアンが封を破ると、彼の顔色が変わった。

「どうなさいましたの？　お仕事のことでなにか？」

「いや、お父上の捜索を依頼していたロンドンの弁護士からだ」

思わぬことに、ノエルの胃が緊張でこわばる。

「父の居場所がわかったのですか」

「それが、アイルランドなんだ。住所からして、おそらくは辺境の小さな村だろう」

「そんなところに。それで、いま父はどうしているのですか」

思わずテーブルに身を乗り出してノエルがそう問うと、向かいに座っていたルシアンは、すこしためらうようなそぶりを見せながらも立ちあがった。

ノエルの隣に立ち、そっと肩に手を置いて声を落とす。

「落ちついて聞いてくれ、ノエル。お父上はすでにお亡くなりになったそうだ」

「え……？」

ルシアンから告げられた事実に、ノエルは言葉をうしなう。

「詳しいことは調査の報告書を読まなければわからないが、電報には二か月前に病死なさったとある。ちょうどあさってからロンドンへ行く予定だ。あとは直接、弁護士と会って確認しよう」

——お父さま……どうして……。

ショックに打ちのめされ、肩をふるわせたノエルは口もとを押さえた。

失踪した父が、もうこの世にいないという可能性もあったけれど、そのことは考えないようにしていた。

たとえどんな境遇であろうとも、ただ生きてさえいてくれればと願いつづけていた。いつか家族が再会する日を、心待ちにしていたのだ。

しかし、そんな日はもう二度とやってこない。

「こんな結果になってしまって残念だった」

ルシアンがノエルの肩を抱き寄せ、そっと背中をさする。

「いまは悲しむなとは言わないよ、泣きたいだけ泣くといい」

「……ルシアン」

呆然《ぼうぜん》と目を見ひらいたままのノエルの瞼を、ルシアンはそっと指先で撫で下ろす。

すると熱い涙がひとりでにこみあげてきて、ほろほろと頬を伝った。

広い胸にすがりつき、とうとうしゃくりあげる乙女の姿を、執事のヘイワードや給仕の者たちも沈痛な面持ちで見守るばかりだ。

——お父さま……どうか天国で、安らかに。

涙とともに、懐かしい家族の思い出がつぎつぎとあふれてくる。

まだレディントンの屋敷があったころ、サロンでみんなでお茶を飲んだり、父の蔵書整理の手伝いをした。仲の良かった両親が笑いあう姿を思い、胸が深く痛む。

父をうしなった悲しみは、すぐには癒えないだろうけれど――ルシアンがこうしてそばにいてくれて本当によかった、とノエルは彼のぬくもりに感謝した。

しかしだからといって、いつまでもルシアンに甘え、子どものように泣いてばかりはいられない。なんとか気力を出して立ちあがらなければ。

やがて顔をあげたノエルは涙をふくと、真っ赤になった鼻をくすんと鳴らした。

「取り乱してごめんなさい。ええと……そう……お、お母さまにもはやくお知らせしなければなりませんわね」

「挙式前にお会いするとき、機会をみて直接お伝えしよう。そうすれば、ショックを受けても我々がそばについていられる」

「ええ、ルシアン。本当に感謝します」

「家族なのだから当然のことだ。お父上のためにも、私たちはうんと幸せにならなければいけないよ、ノエル」

涙の残るまなじりにくちづけてくる婚約者に、ノエルはあらためて胸がいっぱいになる。

——ああ、私、やっぱり……あなたを愛しています、ルシアン。

彼からのあふれんばかりの情愛に、いつわりはない。ただ、ときどきノエルを求める心が強まってしまうだけなのだ。

あの夜を境に、何度かルシアンはノエルの寝室に忍び込み、淫らな戯れを仕掛けてきた。寝室での彼はやはり別人のようで、傲岸《ごうがん》な態度はこわく感じられるほどだ。それなのに朝がくれば、いつもどおり何事もなかったようにふるまわれる。

しかしノエルはそんな婚約者の夜の顔を怖れながらも、同時に魅了されていく自分を否定できなかった。

熱い舌先や指や、あの淫らな細工の革手袋を使って、夜ごととろけるような快感を教えこまれていく。

恥ずかしさは薄まることがなく泣きたいほどだが、艶めいた低い声音で命令されると、なぜか身体がひとりでに火照ってしまう。

そうして深くくちづけられ、背中や腰やお尻を焦らすように撫でられると、たまらなく疼いてしまって——。

満足げな緑の瞳に見つめられながら、純白の絹織物のように無垢だった乙女の身体は、極彩色の甘い官能の歓びに染められていくのだった。

十七歳の誕生日まで、あとほんのすこし。

婚礼を挙げれば、身も心も本当の夫婦になれる。その日を待ち望みながら、ノエルは彼のぬくもりに支えられていた。


こうして二日後、ノエルはルシアンに連れられてロンドンへと出立した。婚礼前に女王陛下への拝謁《はいえつ》を済ませ、社交界にデビューするためである。

ランチェスター家の所有するタウンハウスは、市内でも高級住宅地として知られる区域にある。華麗な白石装飾の窓と赤レンガが織りなす、四階建ての瀟洒な住まいだ。あたりは優雅な曲線を描く錬鉄格子《れんてつごうし》に囲まれ、緑あふれるスクエア型のプライベートガーデンが広がっている。

ルシアンはここを拠点に、投資といったビジネスの会合や、来客との面談をとり行っているのだった。

「こちらがレディントン伯爵についての報告書になります」

応接室に呼び出した弁護士がマホガニーの大机に厚い封書を置き、ルシアンのほうに押し進めた。

その内容によれば、ノエルの父は半年ほど前にアイルランド南部の小さな村にあらわれ、牧場の下働きなどをしていたらしい。

しかしその頃にはすでに酒に溺《おぼ》れ、仕事を放りだしては居酒屋で飲んだくれる日々が多くなっていき、やがては牧場を追い出されることになってしまった。

「お気の毒ですが……最後は衰弱して村の小さな診療所に運ばれ、そこで息を引き取られたそうです」

「その情報は、確実なのだね」

「はい。村人は信じていなかったようですが、ときおりご自分が元伯爵だと口にされることもあったそうで。わずかな遺品が教会に保管されておりましたので、引き取ってまいりました」

そう言って、弁護士は黒いベルベットの小箱を置く。

ルシアンにうながされてノエルが箱をひらくと、中には指輪が収められていた。

「……まちがいありません、父がしていたものですわ。内側に結婚の日付と、両親のイニシャルも入っています」

「だいじょうぶかい、ノエル」

「ええ……せめて父が、最後までこの指輪を持っていてくださったのがなによりです」

葬儀はすでにアイルランドの小さな教会で済んでおり、棺をここまで運ばせるのは難しかった。そこでランチェスターの城館の裏手にある丘に墓標をたて、挙式前にノエルの母がやってきたときにあわせて身内だけで祈りを捧げる追悼《ついとう》ミサを行うことになった。

弁護士が帰ったあと、ノエルはルシアンと父の思い出を語り合った。

「きみに結婚を申しこんだときも、お父上は怒るどころか、とても喜んでくれた。城館に挨拶にいらしたときも、立派な息子ができて誇らしく思うと言ってくれたんだ。本当に嬉しかったよ」

「ええ。領主や伯爵としては気弱なところがあったかもしれないけれど……それでも家族にとっては良き父、良き夫だったの」

「ノエル、あとですこし外に出てみないか。まだ陽も高いし、ロンドンの街も見たいだろう？」

彼女を気遣うルシアンに誘われて、ノエルは近くにある公園を散歩することにした。

夏も近づく爽やかな気候の日とあって、白鳥の泳ぐ池の周辺には上流階級ばかりでなく中流階級の人々も闊歩している。静謐な湖畔《こはん》の城館とはちがい、ロンドン市街には活気があふれていていい気分転換にはなった。

「アイスクリームを買ってくる。ここで待っていてくれ」

「まあ、あなたが?」

「ああ、そうだよ。ロンドンはこうして身軽になれるから好きなんだ。いまごろは城に残した従者たちも、のんびり休めているころだろう」

意外に思ったが、ノエル自身も女学院時代は、自分である程度身のまわりのことをするのに慣れていた。考えてみればルシアンも名門男子校で寮生活を送っていたのだから、さほど驚くことはないのかもしれない。

タウンハウスに仕える使用人は数えるほどで、しかもその多くは清掃や調理を担当する若い者たちだ。けれど所領地の城館のように来客が頻繁に泊まるわけでもなく、たしかに執事や従者がいなくても、若いふたりが暮らすぶんにはそれで事足りるようだった。

売店に歩いていく婚約者の後ろ姿を、ノエルは手を振って見送る。

パラソルをさしたままベンチに腰を下ろし、泉水のほとりを見やれば——乳母車を押して歩く若い母親とナニーに目がとまった。

——かわいい。いつか赤ちゃんが生まれたら、私もあんなふうに……。

そんな日がくれば、きっと亡くなった父も天国で喜んでくれるのではないか。そうあって欲しいと祈っていると、

「……ノエル? ノエル・レディントン?」

帽子にツイードスーツを着た、がっしりした体格の男性に声をかけられ、ノエルは驚いて顔をあげた。

「やっぱりノエルだったのか。ああ、元気でなによりだ。こんなところで会えるとは」

「ギルバートお兄さま……！」

金髪に青い瞳、理知的な顔立ちをした彼は、父方のいとこにあたるギルバート・ダウニングだった。

男爵家の嫡子でノエルとは年が離れており、いま三十になっているはずだ。

レディントン家の没落と父の失踪によって長らく疎遠になっていたが、子どものころは会えば一緒に遊んでくれた。スポーツも学業もすぐれた成績で、たしか貴族家の一員でありながら医師を目指していたことを憶えている。

「もうすぐ結婚するんだったね。新聞で読んだよ、おめでとう」

懐かしそうに微笑むと、ギルバートはノエルの隣に腰を下ろした。

「ロンドンに来ているということは、いよいよ社交界にデビューというわけだね」

「ええ。それと……行方不明だったお父さまのことがわかったの」

父の最期を話すと、ギルバートはいたわるようにノエルの肩に触れた。

「そうか……叔父上のことは本当に残念だ。両親にも伝えておくよ。ノエル、本当にすまなかった。あのときご家族を救うことができなかったことを、どうか許してくれ」

「そんなことおっしゃらないで、お兄さま。こうしてまたお会いできたんですもの。昔から変わらず、お兄さまがお優しいかたでいてくれて嬉しいです」

ノエルの姿を、ギルバートはまぶしそうに見つめ返す。

「きみも幸せそうでよかった。しかし、たしかランチェスター伯といえば社交界の星と呼ばれているかただろう？　ちょっと心配ではあるな」

「どうしてですか？」

「地位にくわえてあの美貌なら、女性が放っておかないからだよ。しかし、きみを泣かせたらこの僕が承知しない。困ったらいつでも頼ってくれ」

「まあ、お兄さまったら。大丈夫よ、ルシアンはそんな人じゃないもの」

ノエルがそう言ってクスクス笑っていると――。

「私がどうかしたかい？」

そこに、アイスクリームのカップを手にしたルシアンが戻ってきたので、ノエルはふたりを引き合わせた。

「よろしく、ダウニングさん。男爵家のかたと、これまで社交界でお会いしなかったのが不思議なくらいだ」

「男爵といっても、いまは没落寸前の名ばかりの爵位ですからね。それに僕も聖レドモンド病院のしがない内科医だ。夜会服より、白衣を着ているのが性に合う。しかし昔、避暑地であなたをお見かけしたことがありますよ。ご挨拶するのははじめてですが」

ノエルがベンチに座ってストロベリー・アイスクリームを食べているあいだに、男性ふたりはおたがいの仕事のことや国の政治情勢や経済などについて、ひとしきり世間話をつづけた。

「式にはノエルの母上にも参列していただく予定です。ダウニングさん、あなたとご両親にも招待状を送らせてもらいたいが、かまいませんか」

「それは光栄だ——ノエルのことは、昔から実の妹のように思っていましたから。あなたが後見人となってくださったことは知っていましたが、どうしているのかずっと気になっていたのです。どうか、彼女を幸せにしてやってください」

「……言われるまでもありません。どうぞご安心を」

ギルバートはこのあとにまだ勤務があるといい、ふたりの紳士は握手を交わした。

——よかった。これからもふたりが仲良くしてくだされば。

ロンドン滞在はまだ当分つづくのだし、医師というちがう分野の知人ができれば、ルシアンも交友が広がり、新鮮な気分になってくれるかもしれない。

そう気を利かせたつもりで、ノエルはいとこにこう言った。

「私たち、しばらくロンドンにいるの。いつでも連絡してね、お兄さま」

「わかった。ありがとう。では、失礼を」

ギルバートが歩き去ると、ルシアンはノエルの手を取った。

「……私たちも帰ろう。城館から持ってきた物の荷ほどきも終わっているころだ」

「はい」

美しい緑の瞳に一瞬、燃えたつ妖しい輝きが流星のようによぎったのにも気づかないいま、ノエルは婚約者のあとにつづく。

懐かしいいとこに会えた嬉しい出来事が、思いもかけない仕打ちのきっかけになるとも知らずに――。


「きゃあっ！」

立ったまま、デイドレスの上身ごろを腰まで一気に引き下ろされて、ノエルは小さな悲鳴をあげた。

ルシアンの豹変は、今度も突然に訪れた。

ついさっきまでは穏やかな物腰で、こちらのコックのつくる料理が口に合えばいいが、などと話していたというのに。

タウンハウスに戻ってくるなり、急に激しい頭痛を覚えたように額を押さえよろめいて――心配したノエルが駆け寄ったせつな、鞭のような鋭い視線になって彼女をここに連れ込んだのだ。

「さあ、入りたまえ。きみのために用意した特別な場所だ」

タウンハウスの最上階は、すべてルシアンのプライベートルームになっている。広く落ちついた快適な書斎と、暖炉が造りつけられたつづきのベッドルームだ。

けれど廊下のさらに奥に、こんな隠し部屋があったなんて。

まだ夕刻前だというのに室内は真っ暗で、燭台《しょくだい》の灯りなしには逃げることもできない。

感知できるものといえば、上品で甘い室香だけである。

「なんですの、ここは……暗くてなにも見えませんわ」

すると燭台に灯《ひ》がともされ――ほの暗い琥珀色に照らし出されたあたりのようすに、ノエルは目をみはった。

豪奢《ごうしゃ》な金糸刺繍で彩られた、厚い黒ビロードのカーテンと絨毯《じゅうたん》。そして暗がりに浮かび上がる大小の絵画たち。

暖炉の上のひときわ大きな作品は、裸の美女に何人もの男性が群がっているものだった。美女の表情は、嫌がるどころかとろけるような笑みを浮かべている。

その隣には、花嫁の絵があった。はっきりとは見えないが、牧師さまの前にひざまずいて、なにかを口にしている。さらに隣の絵も、バレエ衣装から乳房をさらした若い娘が、両脚を大きくひらいて秘所に触れているように見えるものだった。

羞恥にかられて視線をそらしたものの、飾られた彫刻や置物をはじめ、壁に造りつけられた立派な書棚、高天井の神話画や美しい植物文様の壁紙も――一見、所領地の城館にも引けをとらない贅をこらしたものなのに、よく見ればどれも裸婦像や男女交合の淫らな象嵌《ぞうがん》がなされており、美しくも異様で妖しい雰囲気をただよわせている。

さらに目を移せば大きな寝台には天蓋から金具《かなぐ》や紐のようなものが下がっており、背後の壁には大きな姿見の鏡がはめ込まれていた。

「どうしてこのお屋敷に……こんなものが……?」

いくらうぶなノエルでも、ここが性愛を紡ぐための淫らな場所だということはわかる。ルシアンが、ひそかにこんなところを用意していただなんて――すぐには信じられずに立ち尽くしてしまう。

「ある人から譲り受けたのさ。どうした、コルセットをとりたまえ。いつもしていることだろう?」

「で、でも……こんな急になんて……無理ですわ」

ついさっきまで、陽光まぶしい公園を歩いていたのだ。カーテンでさえぎられているとはいえ外は明るく、まだ夕食にさえ間がある時間とあって、とても淫らな戯れをする心境になどなれない。

「ここ数日は父上のご不幸に免じていたのだ。これ以上、まだ待たせるつもりか?」

冷徹なまなざしに見すえられて、ノエルはびくんと顔をあげた。

「あ……」

たしかに父の訃報《ふほう》を知らされてからこれまで、ルシアンは寝室を訪れてこなかった。ノエルはただそれに安堵するばかりで、彼に我慢を強いていたとは思いもしなかったのだ。

「ごめんなさい、ルシアン。私、お父さまのことばかり考えていて……あなたのお気遣いに気づけませんでした。お許しください」

「ならば、いますぐに私を歓ばせてくれるのだな」

琥珀色の光と影のなか、ぞくりとするほどあでやかな笑みを浮かべるルシアンを、ノエルは呆然と見つめた。

これでも彼女なりに、婚礼前の殿方の心持ちをなんとか理解しようと心がけてはいるつもりだった。

けれど昔から紳士然とした優しい彼の顔に馴染《なじ》んできたこともあり、淫蕩《いんとう》な妖艶さをまとわりつかせたこの一面には、何度接してもやはり畏怖をおぼえてしまう。

しかし――。

「……はい」

金色のまつ毛を伏せ、ノエルは胸の前で両手をもじもじとさせていたが、従うほかに彼の不興を解く方法はないとわかっていた。

覚悟を決め、コルセットに手をかける。緩んだ編み紐から白いやわ肌がしだいにあらわになり――とうとうまろやかな乳房がふるりとこぼれれば、蝋燭《ろうそく》の灯りを受けてぬめるような光沢を放った。

こうして自分から乳房を見せることにはいまだに慣れず、羞恥に涙ぐみそうになる。しかし逆らえば愛する彼を落胆させてしまう。

「こ、これで……よろしいでしょうか」

乳房を手で隠すことは、すでに日ごろ固く禁じられている。戒《いまし》めを破れば、どんなお仕置きをされるかわからなかった。

コルセットを寝台に置き、ふるえる声でその場に立ち尽くすと、さらにドロリーズも脱ぐように言われて、ノエルはそのようにした。

真珠色の艶をおびた双乳をさらしながら、腰からはデイドレスを着用しているとはいえ、その下はやはり一糸まとわぬ素裸で、秘所を覆うものはなにもない。

そう自覚すると、まるで全裸で綱渡りをしているような恥ずかしさと心もとなさにおそわれた。

「いい眺めだ。ではそのままドレスの裾を持ちあげろ」

「……っ」

「どうした、ノエル。私を歓ばせるのではなかったのか」

逆らえない――婚約者の粘つくような低い声にはどこか催眠を思わせる効果が潜んでいて、ノエルはふるえる指先でシルクの生地をつまむと、おずおずと引き上げる。

「もっとだ。……もっと……臍の上まで」

――ああ……見ないで、見ないで……。

頬が燃えるように熱くなり、心臓が鼓動をはやめる。

レースとフリルに飾られた前裾を大きく持ちあげたノエルは、小さくわなないた。

いたたまれず、とても視線を上げることなどできないが、彼が自分の肉体を丹念《たんねん》に観察している気配がはっきりと伝わってくる。

するると緊張のせいか胸の先端がムズムズとひとりでに疼き、凝っていってしまう。

「なにもしていないのに、乳首が尖ってきたぞ。見られただけでこのありさまとは、やはりきみはとてもいやらしい女だな」

「ああ……、おっしゃらないで……」

情けなさに頬を涙で濡らしてしまいながらも、ノエルは身体の最奥に、小さな官能の火がともるのをとめられなかった。

そう——あの夜会の日に芽吹いてしまった背徳の薔薇の蕾は、いまもうずうずと体内に息づいている。そうしてルシアンから淫らな命令をされるたびに、すこしずつ緩んでいくのだ。

「そのようすでは、もうはしたないところをたっぷり濡らしているな。そこに横たわって見せてもらおうか」

冷徹な声音に告げられただけで、なぜか身体が甘くふるえ、とろりと花芯が潤む気配がした。腰の深いところがじぃんと疼いて、もどかしいような、せつないような気分がつのってしまう。

——だめ……わたし、どうして……どうしてなの……？

いくら未来の夫相手だからといって、婚礼前の身だというのにこんな淫らな行為をしてしまうなんて。

けれどルシアンに厳しく命じられれば命じられるほど、身体が火照ってどうしようもなくなってしまう。恥ずかしくてたまらないのに、彼に満足してもらいたくて――。

真新しいシーツの上に腰を下ろしたノエルは、寝台のヘッドボードに寄りかかった。

肩で息をしながら、ドレスの下で小刻みにふるえる両膝を立てひらく。そうしてふたたびつややかなシルクをまくり上げていった。

「……あ……ぁ」

むき出しになっていく両脚のあいだはとうに愛蜜をたたえて、室内の空気をひやりと感じる。

とうとうドレスは腰のところでくしゃくしゃになり、乳房と秘所をさらしたノエルは、あられもない姿態のまま婚約者の視線になぶられた。

「やはり、もうこんなに興奮していたのか」

燭台の灯りをわざと近づけ、ルシアンはノエルの下肢をのぞきこむ。

「ああ……もう、お許しになって――あ、ん……っ」

秘所に彼の吐息がかかり、そんなかすかな刺激にすら敏感に反応してしまう。お腹の奥がじっとり熱くなり、ひくんと女芯が収斂《しゅうれん》すると、さらに淫汁があふれてコーラルピンクに色づいた花びらを滴《したた》った。

「まるで開花したての薔薇に、たっぷりと蜂蜜をまわしかけたようだな」

「いやぁ……見ないで……」

「これほど発情しているというのに？　本当は私に触れて欲しかったんだろう」

「いいえ……いいえ……」

「我慢する必要はない。これだけでは足りないはずだ。快楽が欲しければ、まずは自分の指でいじってみろ」

「で、できませ……、あ、あぁぁあ！」

突然、しこった乳首をきゅうっとひねりあげられて、ノエルは声をあげてしまう。淡い痛みはすぐに溶け、かわりにかっと燃えるような激しい渇望《かつぼう》に変わった。

「いつも教えているだろう。私の指の動きを思い出して、そのとおりにすればいい」

「……あっ……あぁぁ……」

身体のなかで、行き場を失くしたなにかが大きくふくれあがっていた。このままではどうにかなってしまいそうなほど。

「やるんだ、未来の伯爵夫人どの。ほんのすこしの勇気でいい。自分を解放すれば、なんの呵責もなく素晴らしい快楽を存分に味わえるのだぞ」

ねろりねろりと耳朶を舐めしゃぶられながら、乳首をやわらかく揉みほぐされる。淫らな囁きにそそのかされて——とうとうノエルは隷属《れいぞく》の誘惑に屈した。

「し、したら……あなたも……満足してくださいますか……？」

「ああ、もちろんだ。私を歓ばせられるのはきみだけなのだから」

恋しい人の言葉に導かれて、腰までまくったドレスを汚さないよう両肘《ひじ》で押さえる。

とろりと濡れた花びらをおずおずと撫であげれば、こってりとした心地よさが下肢全体に広がって、内腿がふるりとわなないた。

「っ……、あ、あぁ……ん」

燭台の灯りに秘所を照らし出され、みずから慰めているところを間近で見られている。

そう思うとたまらなく恥ずかしいのに、とぷりと蜜があふれてきて、自分でも驚くほどに指先を濡らしていく。

なんてはしたないのかと深く恥じ入りながらも、封をあけてしまった淫戯の恍惚《こうこつ》から抜け出すことができない。

「もっとひらいて、よく見せてみろ」

「あぁ……そんなに…近づかないでくださ……」

「ならば目を閉じ、ここにはきみひとりしかいないと思えばいい」

「は、い……おおせのとおりに……あ、ん…あぁ……」

両脚をさらに大きくひらいたノエルは片方の手で花びらをより広げると、もう片方の愛蜜に濡れた指先で、ずきずき疼く淫芽をまさぐった。

——どうして……？　ああ……まるでルシアンにされているみたい……。

ルシアンに仕込まれた日々が、身体をつくり変えてしまったとでもいうように——したこともないつたない動きでさえ、ノエルの性感は確実に官能をとらえ、以前よりもずっと深い愉悦を運んできてしまう。

「ああ……、あ……ン」

とろけたぬかるみをヌチャヌチャとかき混ぜるたびに、どんどん気持ちがよくなってきて、熱が出たように頭がぼうっとしてくる。

瞳を閉じているせいもあり、やがてノエルは我を忘れて自慰の快楽に溺れていった。

ルシアンの動きを真似た指もいつしかぎこちなさが薄れて、本能に導かれるまま、憑《つ》かれたようなリズムで円を描いている。上気した頬ではっはっと息を散らしながら、ちゃぷちゃぷちゃぷ、と淫らな粘着音を紡ぎながら甘美な高まりを無心に追った。

「気持ちいいかい、ノエル」

「はい…、いいです……きもち、いい……」

もはやルシアンの声にも怯えることなく、まつ毛をふるわせたノエルは淫らなひとり遊びにふけった。

舌足らずな声で快感を認めてしまえばさらに解放感が高まって、歯止めがきかなくなっていくのをとめられない。

「ああ、美しい……それがきみの本来の姿だ。恥じらいなど捨てて声をあげ、雌猫のように腰をふれ。思いきり快楽を貪《むさぼ》る姿こそ、もっとも素晴らしいものなのだから」

ルシアンの悪魔的な囁きに、無垢な乙女の理性もなにもかもが、燃えさかる淫蕩な炎にくべられていく。

「あん……、いい……いいです……とっても……」

恍惚《こうこつ》と腰をくねらせる淫蕩な姿を、壁の姿見がくっきりと映し出していた。

くちゃくちゃと蜜を散らし、指の動きはさらに大胆に、大きく速くなっていく。ああ、ああ、とあられもない声をあげながら、ノエルはルビーのように濡れ光る充血した淫粒を思うまま奔放《ほんぽう》に捏ねまわした。

そうするうちに腰が浮き、ぶるぶると太ももがふるえだす。

「達《い》きそうなときは、私にそう教えるようにと言ってあるだろう?」

「は、い……っ、ああ……きてしまいます――あれが……あれが……」

喉も背も大きく反らした弾みで、ずるずるとシーツの上に仰向けに倒れこむ。

そのままつま先に力をこめながら、めくるめく絶頂に突き上げられて――。

「いやっ……、あん、あ、あぁ……っ！」

蜜口の奥がなにかを求めるようにひくひくっと収斂し、ノエルは押し寄せる快感をたっぷりと味わいながら全身をわななかせた。

「ひとりで達けたようだな。とても淫らで美しかった……それでこそ私の妻だ」

涙に濡れたまなじりに、覆いかぶさってきたルシアンがくちづける。

「ルシ…アン……わ、わたし……」

淫夢から覚めやらぬような陶然《とうぜん》とした顔で、ノエルははぁはぁと酸素を求めて裸の乳房を上下させる。色づきふくらんだ乳首をちゅっと吸われ、びくんと身体をすくませた。

「あ、だめ…です……い、いまは……ふ、あ、あっ、あぁ……ん」

「素晴らしいものを見せてくれた褒美だ。きみひとりだけでは得られない、もっと深くて大きな快楽をやろう」

ルシアンはぬめるようなやわ肌の感触を愉しみながら、たわわな乳房をふるふると大きく捏ねまわした。ころりと勃起した頂《いただき》の蕾をキュッ、キュッ、としごきあげてくる。

「あっ！　あぁん……、あん、だめ…、だめぇ……」

優しくねぎらわれながら、愛しい婚約者に触れられ、愛玩《あいがん》される。火照った身体に新たな興奮がわきあがり、ノエルは鼻にかかった甘い喘ぎがとまらなくなってしまう。

達したばかりの花芯もまたずきずきと脈うちはじめて、自分の身体がどうなってしまうのか見当もつかない。

真珠色をおびたみずみずしい太ももに手がかかり、ふたたびひらかれていく。

「自慰だけでシーツをこんなにぐしょぐしょにして、はしたないな」

「ご、ごめんなさ……」

「何度言ったらわかる、褒めているんだ」

——ああ……。

揶揄するルシアンが秘所に触れてくるのを感じ、おのずと心の奥底に淫らな期待が生まれてしまう。しかし——。

「あ、あっ……んぅ……！」

ぐちゅ、と蜜まみれの花びらの奥に押し入ってきたのは——彼の熱い舌先でも、このあいだのような仕掛けのついた手袋でもなかった。

「大理石の張り型だ。もっとも本物よりずいぶん小型だがな。せいぜい指二本というところだ……いつもおなじ刺激では物足りないだろう？」

「そ、そんなことっ……あ、んぅ」

張り型というものがなんであるのか、ノエルはもちろん知るよしもない。

驚いて、おそるおそるルシアンの手もとを見下ろしても、乗馬鞭のグリップのようなものがすこし見えるだけだった。ひんやりした硬いものが、とろとろの媚壁をかきわけて入ってくるのを、声を殺して耐えることしかできない。

「本物とサイズはちがうが、そのぶんなかなか面白い造りになっている。きみも、人間の男にはない細工を気に入ってくれるはずだ」

そう言われてようやく、それが男性のものを模した淫具らしいことを理解する。

「あ、あ、待ってくださ……こんな……あ、んん」

男を知らぬ隘路《あいろ》を慣らすようにヌブ、ヌブッと動かされて、ノエルは取り乱した。

指や舌ならば、まだルシアンその人に愛され、触れられている実感も伝わってくる。しかし――かろうじて婚前まで処女を保っている未通の場所に、男根を真似た淫具を挿入されるのは。

「だめ、だめ……抜いて、くださぃ……っ」

婚礼を挙げてルシアンと初夜を迎えるその日まで、乙女の純潔を大切に守ってきた。それをこんなものに蹂躙されるのが、おそろしくてたまらなかった。

「いいや、たっぷりと慣れてもらう。もっとも淫らなきみのことだ、これの悦さに気づけば、自分から大いに愉しみそうだがな」

「いいえ、絶対しません……そんなこと……あ、あ」

ふしだらな玩具《おもちゃ》になどけして屈したりしないと、ノエルは首をふる。

けれどそうするあいだにも、ルシアンの指や舌しか知らなかったはずのやわ襞は、人肌に温まってきたなめらかな大理石に擦られ、揉みほぐされていく。

痛みはないが尿意に似た奇妙な感覚があり、ときおりかすかな圧迫感を感じると、お腹の奥がじんわり疼く。

「さっき、あれほどの痴態《ちたい》を見せてくれたじゃないか。おなじように、自分の欲望だけを追っていけばいいだけのことだ」

「……で、でもこれは……あぁっ、ただの……あ、そんな奥までだめえっ……！」

ほぐれてきたところを、さらにぐぷんと進まれれば、新たな刺激が訪れる。

「まだずいぶん浅いところだ。これ以上は届かないから安心したまえ」

そう言って、ルシアンはくくっと愉しげに笑う。

蜜口の上に凝った淫核までもがつやつやとした突起にぐりぐりっと押し揉まれて、ぶわりと肌が粟立つほどの快感がふくれあがった。

「ひ、あ……いや、いやぁあ……っ」

　ルシアンに舌と指でそうされたときのように、媚壁と淫核を同時に攻められたノエルは煩悶《はんもん》した。

　さっき達したばかりなのに、ふたたび淫らな火照りが全身をどろどろに包みこんでいく。それはまるで温かな泥の寝床に沈んでいくような、こってりと濃密な喜悦で――とらえられたら、二度と抜け出せないような気がした。

「ああ、ン――だめ、こんなのだめ……なの」

　じんじん痺れる淫芽と、その真裏の肉襞あたりを同時にぐちゅぬちゅと擦られ、ひとりでに腰がうねった。とめようもなく大量の愛液があふれて滴り、聞くに堪えない濡れ音を大きく響かせていく。

　と、唐突に――ルシアンが手を放すのと同時に淫具の動きがとまり、ノエルは潤んだ瞳を瞬かせた。

「あ、あっ、ああっ」

　ぴったりと吸いつくように馴染んだ女襞《めひだ》が、ねだるように大理石の男根をきゅうきゅうとひとりでに締めつける。すると、でこぼこした細工に淫芽やその裏側をぐりっぐりっと刺激され、たまらず下肢をくねらせてしまう。

「あ、んっ……ぁああん、あ、あっあっ」

そうして腰をふればまた濃厚な快感がこみあげてきて——しかしなにが足りないのか昇りつめることもできず、終わりの見えない魔性の快楽にノエルは狂わされていく。

「ねがい……もう抜いてぇ……とまらない、の……っ」

「これはそういう造りのものなのさ。手を放してもしっかりと咥えこんでいるな。まさに千人、いや万人にひとりの素晴らしい肉体だ」

ヒクッヒクッと淫具を食い締めては快楽に突き動かされ、悶えうごめく女体を目の前にして、ルシアンは満足げにつぶやく。

「いや、いやぁあ……許して……わたし、おかしくなって、しまい、ます……っ」

愉悦のあまり腰を浮かせかけ、ハニーゴールドの髪をふり乱しながら、ノエルはとぎれとぎれに懇願した。

すると黒髪の婚約者は見たこともないような獰猛な表情になる。

「きみがそこまで言うのならしかたがない。だが、かわりに私の願いをきくと誓うか」

「します……なんでも……ですからもう……っ」

このまま、終わりのない快楽に支配されるのは耐えられない。

ノエルが夢中で頷くと、ルシアンは革製のグリップをつかんだ。充血した花びらから蜜

まみれの張り型が、ぬる、ぬるるっ…と引きずり出されていく。

「あっあっ、あ……、んあぁ」

それにさえたまらなく感じてしまって、ノエルはびくびくと腰を波うたせる。満たされないままふたたび空洞となったそこが疼いて、おかしくなりそうだった。

狂おしいほどのせつなさをなんとかしたくて、本能的に腫れた淫芽に指を伸ばそうとしたが、ルシアンに手首をつかまれてしまう。

「ご、ごめんなさい……はしたないことはわかっています。でも身体が熱くて……」

「だからもっといいものをやる。その前にこれをよく見てみろ」

「あ、いや……っ」

たったいま引き出された張り型をかたわらに置かれて、ノエルは悲鳴をあげてしまう。目をそむけようとしても、ルシアンから見ろと命じられては逆らえなかった。

――これが……私のなかに……。

泣きたくなるほどの羞恥をこらえて、おそるおそる観察すると――それはピンクがかった赤大理石でできていた。ノエルの愛液にまみれて濡れ濡れと光り、見るも淫らなありさまだ。

しかし実際目にしてみればルシアンの言ったとおり細いスティック状で、革製の持ち手を含めてもノエルの手のひらとおなじくらいの大きさしかない。

先端は蛇の鎌首《かまくび》のようにつるりと尖ったたいそう奇妙な形状で、その下は大きくくびれ、あちこちに大小の突起が卑猥に浮きあがっている。根元のほうにも枝分かれした玉の連なりが突き出ていて、これが淫核を刺激する仕組みになっているらしい。

「どう思う？」

「わ、わかりませんわ……ずいぶんおかしなかたちだとしか。もう、片付けましょう」

頬を赤らめながら、ノエルは張り型から目をそらした。ねっとりした魔性の快楽が思い出され、またしても花芯が疼いてしまうのがこわかった。

こんな玩具にすら、おそろしいほどの快感を得てしまったのだ。結婚前の身でありながら、こんなにもあさましく乱れてしまう自分は異常なのでは、と不安がよぎる。

「では、こちらはどうだ」

「あっ……」

ふたたびルシアンから声をかけられ、彼に目をやったノエルは息をのんだ。くつろげたトラウザーズから、隆々《りゅうりゅう》と雄のあかしがそそり立っている。驚いたことに、蛇の頭のような先端のかたちは張り型そっくりだ。

反射的にぱっと顔を伏せたが、淫具の何倍も太くて長く、天を衝《つ》くように堂々とそそり返ったそれは、目の奥に焼きついた。

——あれが、殿方の……ルシアンの……なんて大きいの……。

婚前だというのに新郎の秘部を見てしまったという衝撃、そして恥じらいに、めまいさえ覚える。

しかし、すでにノエルは多くの性的な仕打ちを受け入れさせられていた。淫らな張り型遊びを官能高まるなかばで中断され、理性も感情もぼんやりと麻痺《まひ》した状態に陥ってしまっている。

「さっきはたいした乱れようだったが、こんなちっぽけな玩具では満足できないだろう?」

「あ……」

ルシアンの言わんとしていることを悟って、スミレ色の瞳が潤み、揺れる。

そう、いくら快楽を得る仕掛けがほどこしてあったとしても、偽物の玩具では昇りつめることができなかった。けれど。

「いけません……わ」

ドキドキと鼓動をはやめる身体をきつく戒めるように、ノエルはかすれ声でつぶやくと首をふる。

「だって、約束……結婚式をあげるまでは、清いままでと……」

「ああ、そのつもりだった。だが気が変わったのさ。きみが嬉しそうに懐いていた、あのいとこどののせいでね」

「ギルバートお兄さまの？　いったいどういう――あ、あぁっ！」

タイとシャツのボタンを外し、すべてを脱ぎさったルシアンがのしかかってくる。

浮きあがった鎖骨や、彫刻のように引き締まったしなやかな筋肉。神々しいほどに美しい体躯が、乙女のやわらかな肌に重なっていく。

「あれは油断ならない男だ。人を値踏みするような目でずっと観察していた。私がきみをすこしでも不幸にすれば絶対に許さない、とでもいうように」

「そ、それはきっとあなたが社交界で人気なのをご存じだから……でもすぐに誤解だとわかってくださるわ……あ…、あぁっ」

ころりとした乳首を吸いあげられ、舌先で激しくなぶられて、ノエルは身悶えた。

「まだわからないのか？　好きなのさ……まちがいなく、彼はきみのことが好きなんだ。おそらくずっと前からだ。再会したのをいいことに、私が伴侶にふさわしくないと判断すれば、すぐにでもきみを奪うつもりでいる」

「あ……まさか、そんなことありませんわ。んんっ……お兄さまはずっと、年上ですし……私、おふたりが仲良くなってくれれば嬉しいと、あ……そう思って……っ」

「無理だな。婚約者に横恋慕《よこれんぼ》している男など、式に招待してやったのがせめてもの情けだというのに。きみの花嫁姿を見せてつけてやれば、諦めもつくだろうと思ったまでだ」

緑の瞳が、ひときわ燃えたつような暗い輝きをおびた——嫉妬というにはあまりにも苛烈な雄の情念に、ノエルはただ圧倒される。

「誰にもやらない。絶対にだ。だから、きみをいまここで私だけの花嫁にする」

押し重ねられたルシアンの腰に、ノエルの白い脚が彼を挟むようなかたちでひらかれていく。

「あ、あ……おねがい、考えなおして……っ」

「ほんの数か月時期がはやまるだけのことを、なぜ怖れる？　本当はきみも味わいたくてたまらないんだろう、これを」

濡れて息づく花園に、ずっしり硬い雄肉が当たっている。あの蛇の鎌首のような先端で、ぬちゅ、ぬちゅ、と蜜口を焦らすようにつつかれて、全身が燃えるように熱くなった。

「んんっ……ちがう……、こんなの…いけな……」

「張り型で慣らしたあとだ、ちょうどいい。私の願いをなんでもきくと、さっき誓ったはずだろう」

「それ、は……あ、あっ……」

あやすように腰を揺すられながら乳房をやわやわとくすぐられ、ぬるりと首筋を舐められる。

そのとき、ふと彼の左腕に残る白っぽい傷痕に気がついたノエルは――幼い日、森で守られたことを思い出して、ひどくせつなくなった。

そう、愛している。心の底から彼だけを。優しくて勇敢な、ノエルだけの騎士《ナイト》を。

「……ルシアン……わたし……っ」

きつく抱きしめられ、生身の熱い肌と肌とが触れあうあまりの心地よさに、ああ……、と溜め息がこぼれる。

「ほら、きみのいやらしい蜜で私ももうぬるぬるだ……」

ノエルのあふれさせた愛液にまみれてぬらつく肉棒が、ぐちゅぐちゅと花びらにそって大きく前後にスライドする。ルシアンの喉からも心地よさそうなうめきがもれた。

そしてノエルもまた、ぷっくり勃起した紅玉をぬらり、ぬらりと執拗に擦られ、たまらなく甘い痺れに酔わされていく。

「あっ……！　ん、いやぁ……ルシアン、そんなにしたら……っ」

「もう待てない。愛しているんだ」

懊悩《おうのう》しているかのような真摯な声音に驚き、ノエルはルシアンを見つめる。

と、息もつけないほど激しく唇を奪われ、思わずすべてを忘れて彼にしがみついた瞬間
――潤みきった蜜壺に熱い楔《くさび》が侵入してきた。

「ん、――っ!」

「っ、ノエル……」

押し殺した声に深い歓びが滲むのを感じて、ノエルの心も激しくふるえた。

「あ……ルシア…ン……っ」

身体のいちばん奥を目指して、逞《たくま》しいものがヌブヌブと入ってくる。

彼の名をくり返し呼びながら圧迫感と疼痛に耐え、これまでにないほど深く深く身体を押し開かれていく。

――あぁ……なんて熱いの……そう、これは血が通った彼の身体の一部なんだわ。

さっきの張り型とは比べものにもならない感覚に、せつないほどの愛おしさがこみあげ、胸が苦しくなる。

「っ……ようやく……。これがきみの内側《なか》なんだな――熱くてとろけてしまいそうだ」

引き締まったしなやかな筋肉を浮き立たせ、ルシアンは恍惚と唇を舐めた。

「……ん、あ、あぁ……っ」

「ずっと、こうしたくてたまらなかった。欲しくて欲しくて、気が狂いそうだった。これ

でも、まだ嫌だというのか？」

　一息おいて、さらにぐぷ、ぐぷっと腰を沈める。指や玩具では到達できないずっと先まで、みなぎった雄のあかしがみっちりと膣道を満たしていった。

　愛しい人の情熱とともに、原始的な愉悦が女体のもっとも奥深くに刻みこまれていく。せつない疼痛を感じながらも、ノエルはうっとりとうちふるえた。

「いいえ。いいえ……捧げます……すべて、愛しいあなたに」

　そう、欲しかったのはたぶんルシアンだけではないのだ。なにより求めていたのは——この深く満ち足りていく歓び。

　上級貴族の令嬢として、たしなみが欠けているというのならそのとおりだった。けれどどんなに淫らだと誹《そし》られようと、恋人に求められ、愛される幸せにくらべたら。

　この瞬間、ノエルの奥深くに芽吹いた蕾がとうとう弾けた。

　愛する婚約者の手によって、淫らな露に濡れた大輪の美しい薔薇が開花していく。

「それでこそ私の妻だ。存分に愛してやる」

「はい……あいして……愛してください、旦那さま」

「ああ、たっぷりとな」

　凄絶な笑みを浮かべると、ルシアンはゆっくりと腰をうねらせた。たったいま征服した乙女の花園をじっくりと味わいはじめる。

そり返った太い肉棒をずっぷりと突き入れては引くのをくり返し、まだ硬い隘路《あいろ》を馴染ませるようにやわらかく捏ねまわしていく。

「っ、あっ、あぁ……」

「生まれてこのかた、これほど激しく燃えたことはない。身体だけではなく魂も……ノエル、きみは私だけの淫らな女神だ」

耳朶や耳孔をねっとりと舐められながら、熱っぽく囁かれる。

ずん、ずんっ、と大きく小さく揺さぶられて——しだいに擦れるような疼痛が薄れ、もったりとした甘いうねりがノエルの下肢をつつみはじめた。

「あ……ルシアン……っ」

グイグイと濡れ襞を擦り穿《うが》つ怒張《どちょう》は、驚くほど硬くて逞しい。

けれどさっきの淫具のような無機質さはなく、芯は硬いがむっちりとした弾力があり、まるでもとはおなじ一対の剣と鞘のように、吸いついて馴染んでくる。

あふれる蜜がぐちゅぐちゅと抽挿をなめらかにしていくと、さらにとろとろと深い快感がこみあげてきて、悩ましくふやけた声がひとりでにもれてしまう。

「あぁ…ふ、……あっ……あ」

乳首もとうに硬く凝って、引き締まったルシアンの胸に擦られるたびにジンジンとたまらない疼きを伝えてくる。無垢だったはずの乙女の身体は、破瓜によって新たな快楽を教えられ、淫蕩につくり変えられていく。

「きみも悦くなってきたんだな。内側がほぐれて、いやらしくうねりはじめてる……この味を知ったらもう引き返せないぞ」

「ふ、あっ……ルシ…アン……あ、あつぃ……からだ、あつくて……っ」

「それでいい。もっと淫らに咲き誇れ。もっと喘ぎ、乱れてみせろ」

薔薇色の唇を薄くひらいて、とろりと瞳を潤ませたノエルが順応してきたのを見るや、恍惚とした笑みを浮かべて、ルシアンは腰の動きをはやめていく。

「あぁっ！　んは、あ……あっあぁっ……」

ズン、と深く突き入れられ、思わず息をとめると——蛇の頭のような先端でいちばん奥をかき混ぜられて、えもいわれぬ感覚に陶然となる。と、そのまま一気にズチュズチュと放埓《ほうらつ》に腰を使われ、ノエルはルシアンの背にしがみついた。

「ぁあ……あっあっ、んん……ふあ、ぁあっ」

獣めいた荒々しい動きはこわいはずなのに、激しく揺すられる振動がたまらなく気持ちいい。

「ああ、たまらないな……きみの淫らな粒や襞が、ひくひくと私を擦ってくる……はじめてとは思えない乱れようだ」

「いや、いや……おっしゃらないで……っあ、あぁん…っ」

恥ずかしさと快感があいまって、ノエルの瞳からぶわりと涙があふれる。しかしルシアンが弾む乳房をすくい上げるようにして弄びはじめると、新たな興奮におそわれた。

「あ、いやっ……だめえ……吸っちゃいやぁ……！」

ピンと勃起し色づく蕾を、ちゅく、ちゅくっと強く吸いあげられる。

中心のくぼみを尖らせた舌先でつつかれたかと思えば、むっちりとぬめ光る乳房全体を頬張るようにむしゃぶりつかれ、ねろねろと激しく舐めまわされて身悶えた。

「ひぁんっ……だめ、だめです——ああ、だめぇ……そこ、されたらぁ……っ」

「されたら、どうなるというんだ」

もう結果は知っているくせに、ルシアンは容赦のない笑みを浮かべる。

乳房を攻められながら媚壁をビクビクと引きつらせるたびに、逞しいものの脈動をありありと感じて喜悦がこみあげてくる。

「……ッ」

隘路がきゅうう、と肉棒を締めつけて、瞳をすがめたルシアンはノエルの片脚を抱えあ

げた。

「い、や……それ、やぁ、あっ」

大きく脚をひらいたあられもない姿勢のまま、ズンズンと腰を大きく打ちつけられて目がくらんだ。

それればかりか雄肉を咥えこんだ蜜口の上、腫れた肉芽を親指でくりくり、くりくりと転がされて、頭が真っ白になってしまう。

「きみのいやらしい花びらが、私を咥えこんでいるのがよく見えるぞ。熟れきった果実のようにぐずぐずにとろけて、嬉しそうだ」

「ふぁ、だめ……、やあぁんっ……！」

「ああ、どんどん締めつけてくる。先に搾《しぼ》りとられてしまいそうだ……そんなにこれが好きか」

「は……、あ、っあぁ……きもち、いい……です」

ぎこちなくもみずから腰を揺らしてしまいながら、たまらない快感にノエルはうっとりと喘いだ。悩ましい快楽の蜜に理性が溶かされ、ただ愛しい人の愛撫に身をまかせる。

「さっきの淫具にも感じていたのに、節操《せっそう》がないな」

「いや、いやっ……ちがうの……、ちがうのぉ」

幼子のような甘え声になっているのも気づかずに、ノエルは夢中でくなくなと細腰を揺らす。淫らな肉の紅玉にあてがわれたルシアンの親指がぐちゅぐちゅと擦れ、たまらなく気持ちがよかった。

「あんな玩具では物足りないか？」

「は、はい……ルシアンが、いいです……」

「なぜ？」

「あ……ぁあ……おっきくって…熱くて……奥までいっぱい……いっぱいしてくれる、からぁ……っ」

「だから私はきみが好きなんだ。はしたなく淫らな私の花嫁」

息をつめ、獰猛な笑みを浮かべたルシアンはノエルの腰をつかむと、蜜口の奥を一気に攻めたててきた。

「ん、あ……あっ、あ、あぁあ」

がくがくと大きく揺さぶられ、媚壁がねだるようにわなないた。

秘めやかな子壺の入り口をずん、ずんっとやわらかく突かれ、ぬちぬちと捏ねまわされて、本能と快感の奔流《ほんりゅう》が渦を巻く。

「ふぁ、あ――深い…の……いや、いやぁ……ルシアン、あれが……またあれがきてしまいます……っ」

「そういうときは達《い》く、というんだ」

くねりのたうつ白い肢体に、ハニーゴールドの髪がからみつく。とめどない快楽の連鎖がひときわ大きな波となり、ぐんぐんと身体の奥からこみあげた。

「い……いくっ――わたし、いってしまいます……ふ、あ、あぁあっ」

のけ反ってしまうほどの野太い快感とともに――女襞が痙攣したように激しく収斂し、ふくれあがった楔をきつく締めつける。

「く――ノエル……っ」

息をついたルシアンが、胴震いして身体を退く。

引き抜かれた肉棒の先端からドクドクっと白い飛沫がほとばしり、上気した乙女の肌にたっぷりと浴びせかけられた。

「……ふあ……ん、ぁ……」

薄薔薇色に染まり、汗ばんでぬめ光る裸体をくたりと弛緩させ、ノエルは陶然とルシアンを見つめる。

身も心も、これほど深く満ち足りたことなど一度もなかった。こんなにも豊潤な歓びがこの世に存在することを、生まれてはじめて知ったのだ。

――私、とうとう……ルシアンと……結ばれたんだわ……。

結婚式はまだすこし先だが、ふたりはひとつになり夫婦となった。愛し愛される幸福感の前には、うしろめたさも恥じらいも露と消えてしまう。

「ノエル、きみは私だけの淫らな女神……、そして最愛の妻だ。誰にも渡さない」

つぶやいたルシアンが、満足げにくちづけてくる。とろとろと舌をからめて、恋人たちはふたたび淫熱に身体を火照らせていった。

「もっともっと愛してやる。きみの身体がさらに淫らに熟し、燃えたつような歓びを……たっぷりと教え、与えよう」

一度開花してしまった淫花は、二度と蕾には戻れない。

囁かれたノエルは、腰の奥からゾクゾクするような興奮とわななきを覚えて瞳を閉じる。

そう――花嫁として妻として、身も心もすべてを彼に捧げるのだから。

「はい、してください……いっぱいして……愛しい旦那さま……」

そう言って、恍惚と彼の胸に頬を擦りつけた。

第三章　堕　天

その謎めいた香りにはじめてノエルが気づいたのは、バッキンガム宮殿に出向いた日のことだった。

「本当に美しいわ、ノエル……今日のあなたは文句のつけようもない完璧な淑女ですよ。カーティスもモーリーンも、そしてあなたのお父さまも、きっと天国でお喜びになっていることでしょう」

宮殿に向かう馬車のなかで、モイラ叔母が微笑んでいる。カーティス、モーリーンというのは亡くなったルシアンの両親の名だ。

「ありがとうございます、叔母さま。でもやっぱり緊張してしまって」

社交界にデビューする良家の令嬢のならいとして、いよいよ女王陛下にお目通りをすることになったノエルは、この日のために仕立てた最礼装の装束に身をつつんでいた。

白い羽毛飾りとダイヤモンドが輝くチュールベールを髪にあしらい、たっぷりのシルクとレース、贅を尽くした純白のドレスには長い裳裾《トレーン》がついている。

「ええ、ええ。私のときもそうでしたとも。あなたはただ落ちついて微笑んでいればいいの。手順は憶えているでしょう？　裳裾のあつかいだけはお気をつけなさいね。けしてヒールで踏みつけないことよ」

「は、はいっ」

女王陛下に直接お目通りをするという重要な儀式なだけに、ノエルもルシアンが招いてくれた専門の講師とともに、何度も練習を重ねた。

いちばん厄介なのはドレスの裳裾のあつかいで、身長の二、三倍はあろうかという長い生地を、移動時は片手にまとめ持つことになる。

さらに自分の順番がきて拝謁の間に入ってからは、広げた裳裾をできるだけ優雅にあつかいながら、陛下のもとに歩いていくことになるのだが——このとき、他の令嬢の裳裾をうっかり踏んだり、また踏まれたりして生地を裂いてしまう悲劇はなんとしても避けなければならなかった。

ルシアンは「失敗してもかまわないさ」などと気楽にかまえていたが、名門テンチェスター家ゆかりの者として、恥となるようなふるまいだけはできない。

――がんばらなくちゃ。ルシアンや叔父さま叔母さま、それに亡くなった彼のご両親の……ランチェスター家の名誉のためにも。

拝謁にあたっては一族の既婚女性が付き添うしきたりなので、ルシアンは馬車に乗っていない。タウンハウスの玄関で見送られ、あとで迎えにいく、と励ますように頬にキスしてくれた。

すでに宮殿近くの通りには同様の令嬢たちを乗せた馬車が列を成している。しかし王家とは遠からぬ縁のランチェスター家には優先権があって、ノエルたちはそのまま宮殿内の馬車寄せに進んだ。

宮殿内はまるで舞踏会のような混雑ぶりで、紳士淑女のほか、多くの若い令嬢が母親や親類の女性に付き添われて順番を待っている。ここでもノエルたちは優先的に拝謁の間に案内された。

美しく着飾った清廉なその姿に、あちこちからざわめきがもれる。

「まあ、ごらんなさい。あのお美しい令嬢はどなたかしら？」

「見事なドレスからしても名門家のかたにちがいないわ。きっとこの夏の社交界では彼女の争奪戦がはじまるわね」

そんな羨望の声が囁かれるなか、ノエルはモイラ叔母と別れて拝謁の間に入った。

「ミス・ノエル・レディントン――」

いよいよ名を呼ばれ、小さく深呼吸して足を踏みだす。

どきどきとはやまる鼓動を抑え、玉座におわす女王陛下の御前で深くお辞儀《じぎ》をする。

わずかに微笑む陛下から頬に祝福のキスを賜ると、うやうやしくその手にキスを返した。

――それから立ち並ぶ王家の人々に挨拶をして、広間を退出した。

たったそれだけのことをする時間なのに、ずいぶん長く感じられたのはやはり緊張していたせいだろう。

広間のそばの回廊で待っていた叔母が、いつにない早足でやきもきとやってくるのが見えて、ようやくほうっと息をついた。

「どう、うまくできたかしら、ノエル？」

「え、ええ……叔母さま。だといいのですけれど」

「陛下からキスは？」

「はい、賜りました」

「そう。ならばきっとだいじょうぶだわ。よくがんばりましたね」

いまのところ失態を演じた自覚はないが、いまになって、がくがくと脚が小さくふるえてきてしまう。

「ノエル」

そこにちょうど、ルシアンもやってきた。

「ルシアン、いまご挨拶を終えたところなの」

「ああ、ご苦労さま。無事に済んだようだね」

彼の正装姿も夜会などで見慣れているはずだが、歴史ある宮殿のなかではひときわ優美に映り、周囲の注目をいとも簡単に集めてしまう。

「叔母上、今日は付き添いをありがとうございました。あとは私が」

「おめでとう、ノエル。こんな素敵なレディをエスコートできて、私も鼻が高いわ。ではまた、お屋敷で会いましょう」

上機嫌の叔母と別れ、ノエルは長い裳裾を手に抱えながら、ルシアンとふたりで宮殿の馬車寄せに向かう。しかし歩きながらもルシアンの顔見知りの貴族がつぎつぎと話しかけてくるので、なかなか挨拶が終わらない。

「あ……」

そのときふとノエルは、上品な香水の香りに気づいて顔をあげた。

やわらかく清涼で、緊張していた心身がほぐれていくような香気に癒やされる。

――なんていい香りなのかしら。みずみずしいのに落ちついていて、とても素敵。

異国のものだろうか、はじめて知った香りにすっかり魅了され、あたりを見まわす。

淑女が香水をつけるのは当然のたしなみだが、これまでノエルはなかなか気に入るものが見つからなかった。もし相手がルシアンの知り合いでもあれば、ぜひどこのものか教えてもらいたかった。

しかし、残念ながらそれは一瞬のことだったので、振り向いたときにはもう相手を見失っていた。がっかりして肩を下げると、ルシアンが声をかけてくる。

「浮かない顔だ。なにかあったのかい、拝謁はうまくいったんだろう？」

「ええ、ちょっと気になる香水が……」

「香水？」

「ええ、とても素敵な香りでしたの。銘柄を教えてもらえればと思ったんですけど、どなただったのかわからなくて」

「そうか。きみがそういうくらいなら、よほどいい香りなんだろう。珍しい舶来品《はくらいひん》かもしれないな……だが諦めることはない。これからは社交シーズンなんだ、またきっとその人にも出会えるさ」

そうルシアンは微笑み、ノエルの腕をとって歩きだす。人ごみを抜けてようやく馬車に乗りこみ、軽やかな蹄の音とともに宮殿をあとにした。

「疲れただろう？　息抜きにすこし遠回りをして帰ろうか」

「まあ、よろしいんですか」

「ああ、せっかくのいい天気だ。のんびりしていこう」

ルシアンは御者に、郊外の丘陵地に向かうように告げた。

そこはロンドンからいちばん近い緑地帯で、街の人々が気軽にピクニックに訪れる場所だった。広大な敷地には森林や多くの池などがあり、時の詩人たちが集うことでもよく知られていた。

長い裳裾のせいで外を散策するのは無理だったが、窓から爽やかな初夏の風が吹きこんできて気持ちがいい。

丘の上を通りかかると、芝生のうえで幼子をつれた若い夫婦がのんびりと過ごしているのが目に入る。

「まあ、見て……とても幸せそう」

微笑ましい光景を眺めながら、ノエルは瞳を細めた。

いつか私たちも――と、そんな憧れをこめてルシアンを見やったが、なぜか彼の顔には陰りが落ちている。

「あの、どうかなさいましたの」

「いや、なんでもないさ」

心配になって顔をのぞきこむと、避けるように目を伏せる。

「でも……」

「それよりノエル、きみは男の子と女の子、どちらが欲しい？」

「え？　それはもちろん、どちらでも嬉しいですわ」

急に話題を変えてきたルシアンにとまどいながらも、ノエルは正直に答えた。

「でも……そう、まずはできたら男の子を。きっとあなたにそっくりの、とてもハンサムな子なの。それから、つぎは女の子も」

頬を染め、はにかみながらそう付け足すと、ルシアンの手が腰を抱き寄せてくる。

「それは楽しみだな」

そのままくちづけられて、うっとりと身をまかせる。

――さっきつらそうなお顔に見えたのは、私の思いすごしね。きっと今日もお仕事でお疲れなんだわ。

タウンハウスに戻ったら、マーガレットに持たされたハーブのお茶を入れましょう、とノエルは思う。いつもはメイドに頼んでいるが、今日は自分でつくってあげたかった。

しかし――。

「子どもが欲しいなら、いまから試してみようか？」

そう誘うように唇を舌でなぞられ、ぞくんと身体がふるえる。

「……っ、あ……!?」

それまで優しく身体を支えていたルシアンの腕が、ぎゅっとノエルを抱きすくめる。

ふたたび唇を深く重ねあわされ、口内を激しくかきまわされて、淫靡なめまいにおそわれた。

「ん…、ン……」

強引に舌をからめとられ、擦りつけられる。深く、強く、口蓋を思いのままに蹂躙されて、身体がふるえた。

馬車の中だというのに、こんな大胆なキスを仕掛けてくるのは、彼の心に淫らな火がついたときだと決まっていた。

可憐な唇のあいだを肉厚の舌がいやらしくひらめくたびに、ぴちゃ、と濡れた音が響いた。それだけで腰の奥底がじんっと痺れて、甘い吐息がもれてしまう。

「……そんな冗談、おっしゃらないで」

とろりと甘い疼きを身体のうちに感じながらも、ノエルは婚約者をたしなめた。

これまでどれほど激しく愛しあっても、ルシアンがノエルの体内に精を放つことだけは一度もなかったのに。

結婚式の前に身ごもったりしたら、社交界中に噂が広まってしまう。女王陛下にレディとして認めていただいたばかりだというのに、ランチェスター家の名に泥を塗ることなどもってのほかだ。

「冗談だと思うか？」

暗い瞳で妖艶な笑みを浮かべるルシアンが、ふわりとしたドレスの裾をたぐり寄せる。すんなりとした白い脚が膝まで見えてしまって、ノエルは必死に身じろぎする。

「あ……いけませんわ……こんな」

怯えるように御者を見やれば、

「彼なら以前の雇い先で心得ている。気にすることはない」

「以前のって？　あ、あ……っ」

どうやらルシアンは御者の素性までよく知っているらしい。貴族家に仕える以上、こういうことにも慣れているということなのだろうか。

しかしそうしたささいな疑問も、太ももの内側をねっとりと撫でられているうちに霧散してしまう。

——ああ……だめ……奥が火照って……。

ルシアンと結ばれて以来、ノエルの身体はより急速に熟れていき、豊潤《ほうじゅん》な性の歓びを花ひらかせていた。

乳首や淫芽への刺激だけでなく、膣道に太い雄のものを迎え入れる圧倒的な充足を知ってしまったいま、さらに快楽にもろい状態になっている。

「……だめです……ルシアン、本当に……、ここは……あ、ん……んっ」

カツカツと軽快な蹄の音とともに、馬車は広い池のまわりをゆっくりと進んでいる。ひらいた窓のカーテンが風に揺れ、ともすれば通行人からも中をのぞかれかねない。

それなのに——首筋や鎖骨を舌先でねろりと愛撫され、探りあてられたドロワーズの奥の花園をやわやわと捏ねまわされれば、蜜口の奥がじんじんと引きつるように飢え疼く。

「だがもうここは、蜜でとろとろだ」

「ん、は……あ、あ」

ビロード張りの席に浅く腰かけたまま、ぬぷ、ぬぷっと緩急《かんきゅう》をつけて淫路を攻められていく。いやらしい指先を深く呑《の》みこんだそこが、ひくひくと嬉しげにわなないていた。

「ふ、すっかり熟れてやわらかくなっているな。三日とあけず抱いたかいがあったというものだ」

そう、こうしてすこし指で慣らすだけで、ノエルの隘路はすぐにほぐれて雄を受け入れられる状態になっている。ルシアンのものやさまざまな淫具によって開発された膣道は、どこをどうされれば気持ちがいいのか、憶えこまされつつあった。

「あっあ……あ、ふ、ああ――」

触れられてもいない雌しべが包皮からくりっと顔を出し、その真裏のあたりの媚壁を指でくじられると、ずぅんとお尻のほうまで響くような重甘い快楽が突き上げてくる。

「淫乱なご令嬢は、ここをこうされるのが大好きだったな。ほら、いやらしい粒が浮きあがってきたぞ」

「ひ、あ、いやぁっ……そこ、こすっちゃいやぁ……っ」

充血した襞をずくずくとまさぐられれば、失禁しそうなほどの愉悦にあさましく指を締めつけてしまって、羞恥のあまり涙目になった。

「その淫らな顔をもっと近くで見せてくれ」

「あ……お願い……旦那さま、もう……っ」

もっとも感じる一点を執拗にいじめ抜きながらも、ルシアンはわざと乳房や淫核には触れてこようとはしない。そうすればノエルがすぐに達してしまうのがわかっているからだ。

「どんな気分だ、ノエル？」

「んぁ……、おなかが、あついっ……の……あつくて……」

「それから?」

「ふぁあっ……き、もち……い、いです……」

粘ついた執着に満ちる緑の瞳に見つめられながら、快感を告白させられる。

恥ずかしいことを言わされるたびにまた高ぶらされてしまって、自分の淫蕩さを思い知らされた。

「襞が指に吸いついて誘いこんでくるぞ。奥が疼いてたまらないんだろう」

「い、いえっ……そんな、そんなこと」

ふるふると首をふって懸命に否定したが、本当はルシアンの言うとおりだった。

彼と交わり、秘めやかな子壺の入り口を亀頭でやわらかく捏ねまわされたり、ぐんぐんと押しあげられたりするのを思い出すだけで、昇りつめてしまいそうだった。

それが種《しゅ》の存続、受精をうながす生き物の本能だとしても、腰の最奥が悩ましく疼いてしまって、指では届かない奥底まで満たされたくなってしまう。

しかし、タウンハウスのあの秘密の部屋ならいざ知らず、ここは真昼の屋外である。多くの人が行き交う公《おおやけ》の場所なのだ。

そんなところで痴態に溺れることなど、けしてできるわけがない。

「後生ですから……お部屋に戻ったらなんでもしてさしあげます」

「愛しいノエル。私はこんな場所で乱れるきみが見たいんだ」

高貴な微笑みに獣の獰猛さを潜めて、ルシアンはノエルの細腰をつかんだ。シルクドレスの長い裳裾がふわりと舞い、あたりが白いシーツを敷きつめたように見える。

「や、待っ……あ、あぁ……っ」

後ろ向きのまま彼の膝上に座らされたノエルは、花びらに押しつけられた熱杭《ねつくい》の感触に全身をこわばらせた。

逃れようもないまま、ぬかるんだ蜜壷に張りつめたものを呑みこまされていく。

ルシアンに抱かれるようになってからというもの、逞しい男根にたっぷりと慣らされた膣壁は、熟れて感度を増していた。

「だめぇ……、だめ、こんな……あ、あっ、んぁあ」

飢えわななくやわ襞を、逞しい亀頭がずぷずぷとかきわけてくる。脳が溶け崩れてしまいそうな快感に、愉悦の涙がぶわりとあふれた。

だめなのに。

気持ちのいいものが、入ってきてしまう。

「あっ、あっいや……あ、あ、あぁあ――――!」

熟れふくらんだ淫芽の真裏の部分を、ぐり、ぐりっと亀頭のくびれに大きくこすられた瞬間――稲妻に打たれたように、つま先まで痺れる濃厚な絶頂感に見舞われていた。

「挿れただけで達したのか？　ずいぶん高ぶっていたのだな」

くく、と喉の奥で笑うと、ルシアンはさらにノエルの腰を押し下げる。

「んっ、やぁあ、だめ、ああ、いま、奥だめなのぉ」

絶頂のさなかだというのに、さらに最奥まで一気に征服されて、ずん、ずんっと子壺の扉をやわらかく押しまわされる。

「ひ、あ……！」

すぐにつぎの大波が押し寄せてきて、幾重もの快楽の極みに意識が白熱した。

ぐちゅぐちゅと泡立《あわだ》ち、水飴のように白濁《はくだく》した糸を引いて蜜が垂れる。熱いぬかるみは、きゅうきゅうと肉棒を食い締めて快楽を搾りとろうとするかのようだ。

「っ、これはたいしたものだ……気持ちがよすぎて、私まで急いてしまいそうになる」

ルシアンも愉悦に声を掠れさせながら、荒々しく腰を使ってくる。

「いやっ、いや、ルシアン、だめ……もうしちゃ、だめ……っ」

「それほど中に放たれたくないのか。私そっくりの男の子が欲しいんだろう？」

「だ、だって……お式もあげてない、のに」

ずちゅ、ぐちゅ、と卑猥な粘音が響くなか、快楽のあまりろれつがまわらない声で、ノエルは必死に懇願しつづける。

「あなたとの赤ちゃん、欲しいです……でもお願い、いまはまだ……あなたは名門ランチェスターの伯爵です……そのお名前を、穢してはだめ……っ」

「きみまで父のようなことを言うのだな」

なぜか嘲るような口調で、ルシアンは暗く笑った。

「ならばそれを聞き届けるかわりに、私がいいというまできみに動いてもらおうか」

「そ、んな」

後ろを向いたまま、脚をひらいてルシアンの上に座らされているこの体勢だけでも気が遠くなりそうだというのに、自分から動くように指示されて、ノエルは呆然とする。

しかし彼の不興を買えば、体内に精を放たれてしまうかもしれないのだ。

「しばらく停めておいてくれ」

ルシアンは池のほとりで馬車を停めると、御者に休憩を言い渡した。つまりノエルがそうするまで、帰路にもつけないということだ。

「……わ、わかり…ました」

カーテンの隙間から窓の外をそっと見やり、人の気配のないのを確かめる。もじもじとうつむいて、ノエルは怒張を呑みこんだままの腰をおずおずと揺すった。

いつもはルシアンのペースに翻弄《ほんろう》され、激しくも絶妙な愛撫になすすべもなく押し流されていくのが常だった。それがいまは、自分で動けと言われてとまどってしまう。

「どうした。もっと動かなければ感じないだろう」

「は、はい」

余裕の笑みとともに、揶揄されるようにうながされたものの——寝台に横たわっているならばまだしも、この体勢では自分から腰を上下に振りたてなければならない。そう気づいて、めまいを覚えそうになる。

「んっ……、あ、あ」

思いきってなんとか腰をすこしだけ持ちあげると、亀頭のくびれが蜜路をくぷりと刺激する。しかしルシアンにされるほど強烈ではなくて安堵した。

——ん……これならゆっくり……できそうかも……。

そうっと浮かせては戻すのをくり返すたびに、しだいにゆっくりとした抽挿のリズムをつかんでいく。自分でしているぶん、はしたなく快楽に溺れる心配もなかった。

こうしているうちに、いずれルシアンも満足してくれるにちがいない。そしていつものように、ノエルのお尻や太ももに——今日は乳房はドレスで隠れているから——精を放つことだろう。

そう思っていたはずなのに——。

「ふ……、あ……ん」

ゆるゆると小さく腰を動かしているうちに、ノエルの官能は不思議な変化を見せはじめていた。まるでわざと自分で自分を焦らしているように、もったりとした疼きがどんどん下肢に溜まっていく。

——ああ……どうして。だめ……、恥ずかしい……我慢しなきゃ……。

身体はもっと強い刺激を求めていることに気づいて、消え入りたくなる。しかしルシアンのものはまだ隆々とそり返っていて、果てる気配はみじんもない。

「きみは本当に好色だな。弱い刺激で焦らしながら、たっぷり時間をかけて快感を味わいたいというわけか」

「ち、ちがいますっ。そんなのじゃ……どうしていいのか、わからなくて……」

まるで正反対の受け取り方をされ、かあっと頰が熱くなる。

「私を締めつけてみろ」

「え」

「いいからやるんだ」

そう命じられて、つたない感覚を頼りに試みる。尿意を我慢するように力を入れると、きゅんっと蜜口から奥が締まって、太い肉棒をみっちり包みこむ。

「ああ、いいぞ。そのまま腰を上げろ。もっとだ」

「あ、んん……っ」

大きく張り出した雁首が抜ける寸前まで、ず、ずっ…、と腰を持ちあげる。

「もっとだ。そこでとまれ」

「あ、でも…っ……ああ、もう……っ」

太ももがふるふるとふるえて、もう耐えられないと思ったところで、

「脚の力を抜け」

そう命じられ、ガクリと腰を落とした瞬間——凄まじいほどの快感がズン、と弾けた。

「ひ、ぁ…あっ、あぁ……！」

突きぬけるような野太い衝撃に、背筋から脳天までが甘く痺れた。これまで微細な動きによって溜めこまれていた快楽の種が、一気に発芽したようだった。

「……っ、これでどうやるのかわかっただろう？」

ぎしりと腹筋を硬くしならせながら、ルシアンが満足げに深い息をつく。

「あっ……あ、あ……」

びりびりと下肢を満たす極彩色の恍惚に、ノエルはうちふるえる。この甘露を知ってしまったからには、もう甘い淫獄《いんごく》から抜けだせなかった。

ふたたびぬちゅりと腰を浮かせ、亀頭のくびれの感触をたっぷりと味わいながら、ずんっと腰を落とす。

「ふあ──あぁあん……！」

えもいわれぬほどの甘く深い悦楽に、意識が飛びそうになる。本当に欲しかったのはこれなのだと思い知らされた。

「もっとつづけてみたまえ。自由に動け」

「あぁ……旦那さま……」

淫魔に囁かれたごとく、ノエルはそれに従った。

硬く勃起した太い剛直で、ずちゅ、ずちゅっとやわ襞を穿たれるのがたまらなく気持ちがいい。

──ああ……すごい……すごいの……。

腰を前後に、また回転させるように大きくくねらせ、当たり所を変えればまた新たな快楽がわきあがって、もうとまらなくなっていた。ああ、ああ、と淫らな喘ぎをもらしながら、ノエルは淫技に溺れていく。

「こうしているときのきみは、本当に美しい。私が手塩にかけて育て、咲かせた大輪の薔薇だ」

「ああ、ルシアン……っ」

背後から、汗ばんだうなじにルシアンがくちづけてくる。そんなしぐさにぎゅっと胸が甘く締めつけられて、ノエルはうっとりと瞳を細める。

しかし――。

あけ放たれた馬車の窓から、ざわざわと人の声がもれ聞こえてきて、ノエルはビクッと我に返った。

恐怖に身を縮めながら窓の外を見やれば、画材を持った男子学生がふたり、池のほとりを目指して歩いてくる。

「ま、窓をしめ……あ――あふっ」

手をのばそうとすると、背後からズン、と深く突き上げられて、言葉をなくす。

「本当はこうなったほうが、ゾクゾクするんだろう」

「ち、が……」

蜜路を埋めたルシアンのものが、ドクドクと脈うってやわ襞を圧迫してくる。ノエルに逃げ出す余裕を持たせず、ぐちゃぐちゃと激しくかき混ぜてきた。

そのうえ腿までまくれあがっていたドレスをさらにたくしあげられて、薄い薔薇色に染まったお尻が丸見えになった。これでは淫らな挿入が、はっきり見えてしまう。

「い、いや。いやですっ」

学生たちとの距離はまだあるが、周囲に気づかれるのを怖れたノエルはかすれ声で身悶える。

「もう、許してください……っ」

「だがいままででいちばん、きつく締めつけているぞ。興奮しているんだろう」

「う、嘘……です……そんなの……」

さらに人の気配が近づき、ノエルは生きた心地がしない。なのに媚壁はなおもルシアンを迎え入れて快感にわなないている。

見られてしまう。

女王陛下にお目通りをしたばかりの礼装なのに――お尻をむき出しにして、太い肉棒を嬉しそうに呑みこんでいる――そんなあさましい姿をみんなに見られてしまう。

「いや……、いやぁあ……」

「認めてしまえば、楽になれるぞ」

ぞわりと肌が粟立つが、なぜか恐怖がつのるほど快楽まで強まってしまう。

　そんなノエルの痴態をうながすように、ルシアンは、さらにいままで触れてこなかった淫芽にも指を押し当て、ぐりぐりと押しつぶしてきた。

「っ――――」

　びくっ、びくんと身体が跳ねあがり、なかば強制的に愉悦の渦へと投げ落とされる。

　ぷつん、となにかがとぎれるような感覚に、意識が混濁した。

「見ろよ、ずいぶん立派な馬車が停まっているぜ」

「おい、誰か乗ってたら怒られるぞ」

「だけどさ、なんか……あれって……揺れてるし」

「貴族さまが逢い引きでもしてるんだろ。うかうかのぞいたら逮捕されちまうよ」

　とろけきった恍惚のさなかにそんな会話が聞こえてきたが、もはやノエルの耳にはなにも届いていなかった。

「これでわかっただろう。最初からすなおに私の言うことを聞いていればいいものを」

「はい……ごめんなさい、旦那さま……私……、わたし……もっとすなおにしますから……だから、もっと……ああ、ここ……ここがいいの……っ」

「ああ、それでいい。私のノエル――きみの成長ぶりが愛おしくてならない。彼が言っていた以上の歓びをきみはもたらしてくれた」

「ああん……いや……まだ、まだなの……もっと、旦那さまぁ……」

「わかっているとも。思うがままに、たっぷり愉しむといい」

じゅぽじゅぽと卑猥な音をたて、夢中で腰を動かす姿は罪深いほどになまめかしい。

清廉な婚約者が貪婪《どんらん》に悶えるさまを、ルシアンはうっとりと見つめていた。


こうして――。

社交シーズンの本番である初夏を迎えたロンドンでは、毎晩のように華やかな夜会があちこちでくりひろげられた。

舞踏会や演奏会に訪れたノエルはルシアンにエスコートされ、多くの上流貴族たちと談笑する。ロンドンでの社交生活にもだいぶ慣れて、知り合いも多くなっていた。

（ほら、あのおかたがノエルさまよ。まばゆいほどにお美しい……）

（バッキンガムで女王陛下にお目通りして以来、一躍社交界の人気者になられたわね）

（あのかたがお相手ならばと、ランチェスターさまを諦めた女性は数知れないのよ。でも無理もないですわね）

そんな羨望の声が囁かれるなか、一方では、

(あのように清楚な美女の初物、一度でいいからぜひ味わってみたいものだ。見てみろ、あのしなやかな腰つき、真珠色の肌艶を。いっそ骨抜きにされてもいい)

(うむ、愛らしいがどういうわけか、ときおりゾクッとくるような退廃的な色気が匂う……ルシアンのやつ、坊ちゃん育ちのくせに極上のいい女を仕留めたものだ)

男たちの好色な視線にさらされていることも知らないノエルだったが、ある夜、とうとう憶えのある香りとふたたび巡りあった。

――まちがいないわ、この香り！

それは、とある舞台を観終えたあと、劇場の馬車寄せに向かって歩いているときのことだったのだが――運悪く、ルシアンはすこし離れたところで友人の紳士たちにつかまり話しこんでいた。

日ごろ、けしてひとりでは彼の側を離れるなと言われているだけに、勝手に追いかけることもできない。懸命にあたりを見まわすと、馬車に向かって歩き去る長身の貴婦人の後ろ姿が目に入った。

「ああ……行ってしまわれたわ」

黒か紺、あるいは深緑か。暗い色調のベールとドレスをまとった貴婦人は、そのまま立派な装飾の馬車に乗りこみ走り去ってしまう。

――どこのおかたなのかしら……馬車の家紋にBと見えた気がしたけれど、あっという間でよく見えなかったわ。

帰りの馬車の中で、ノエルはそのことをルシアンに聞いてみた。

「香水？　ああ、宮殿に行った日に誰かがつけていたという」

「そうなんです。さっき、おなじ香水をつけているかたがいたの。とても背の高いご婦人で、黒っぽいドレスを着ていらしたわ。お顔は見えなかったのですけど、家紋にBのイニシャルがあったような気がして……」

あまりに夢中になって話していたので、ルシアンの顔がこわばっていくのにもノエルは気づかなかった。

「あなたにお心当たりがあるといいのだけど、どうでしょうか」

「……心当たりといっても、それだけではなんとも言えないだろう。国中にBのつく貴族家がどれほどあるか、わかっているのかい？」

「ええ、それは、おっしゃるとおりなんですけど――」

「とにかく、それは私の知らない貴族まがいの者にちがいない。いいかいノエル、社交界にはさまざまな人間がもぐり込んでいるんだ。私が紹介してもいない人間には、けして近寄るんじゃない。いいね」

「は、はい。わかりましたわ」

いつになく厳しい口調でそう告げると、疲れていたのかそれきりルシアンはふっつりと口を閉ざしてしまった。

ノエルもそれ以上は話題をつづけることなく、ただ社交の集まりがあるごとにそれらしき馬車をそっと捜すのだったが——暗い夜に一度きり見ただけの車体を発見するのは難しく、その香りの持ち主とふたたび出会うこともないまま、日々はすぎていった。


「では行ってくるよ。できるだけはやく帰りたいものだが、話の方向によっては夜になるかもしれない。すまないが、待っていてくれるね」

「ええ、もちろんですわ。よかったらこれをお持ちになってください」

その日、投資に関わる会合に出かけようとするルシアンに、ノエルは銀細工の小箱を手渡した。

「これは?」

「あの……頭痛薬です。万が一のために」

「ありがとう、きみは優しいな」

小箱を受け取ると、微笑んだルシアンはノエルの頬に淡いキスをする。

「心配いらないよ。代々、我が家に片頭痛持ちはいない。それにこの数年、頭痛はおろか風邪で寝込んだことすらないんだ」

「……でも、去年は落馬で頭を打ったのでしょう」

「それならもう完治していると言っただろう。とにかくだいじょうぶだから、いいね」

「はい。お気をつけて行ってらっしゃいませ」

明るい緑の瞳を瞬かせ、ノエルの手をぎゅっと握ると、ルシアンは迎えの馬車に乗りこむ。タウンハウスの玄関から彼を見送ったノエルは、小さく息をついて胸を押さえた。

――ルシアン……。

こうしていると、いつもの彼は昔となんら変わりない。あの秘密の部屋での淫らな顔が嘘のように、快活な良家の青年貴族そのものだ。

そのどちらの面にもノエルは惹かれ、日ごとに婚約者への想いを深めていく。

ただ心配なのは、近ごろ彼がめまいや頭痛に悩まされているそぶりを見せていることで、その頻度も痛みも増えているように思えるのだ。

昨年、落馬事故を起こしたこともあり、ノエルとしては心配でたまらない。しかし当のルシアンはさっきのように、自覚症状すらないらしいのだ。

たんに疲労が溜まっているのかもしれないが、ときどきこのまま倒れてしまうのではないかと不安になってくる。

——本当は一度、病院できちんと検査をして欲しいのだけど……。

そう思うものの、本人が平気だと言っているのに無理強いするのもためらわれた。

それと不可解なことといえば、もうひとつノエルには気にかかることがある。ルシアンがけして朝まで一緒に眠ってくれないことだ。

行為のあとはくったりと消耗してしまい、ノエルはいつも気をうしなうように眠ってしまう。そうして目覚めればいつも秘密の部屋ではなく、ノエルの私室の寝台にひとり寝かされているのだった。

結婚式をあげるまでの辛抱だとはわかっていても——我を忘れるほど執拗に愛されたあとだけに、ひとりぼっちで目覚めるとなんだか寂しい気がしてならなかった。

もちろんルシアンにしてみれば、正式な夫婦になるまでは、という配慮をしてくれているのだとは思う。

しかし身体を重ねるときの彼は驚くほど放埒で激しく、所領地の城館にいるときほどにはここの使用人たちを気にしているようすもないのだ。

そんな彼が、朝目覚める場所をそこまで気にするのだとは、あまり思えないのだが……。

——ううん、彼には彼の考えがあるにちがいないわ。

ルシアンは自分を愛してくれているのだ。日中はそんな態度をおくびにも出さないが、ひとつに結ばれてからというもの三日、四日とあけずに抱いてくれる。

そしてバッキンガムに出かけ、池のほとりで我を忘れて痴態に溺れたあの日。ノエルは自分の知らなかった一面をはっきりと思い知らされた。

身体の奥底に潜んでいた官能や欲望を巧みに引き出され、磨きあげられる日々のなか——いまでは自分が彼に奏でられる楽器になったような気がするのだった。

昨晩も、アラビア製の香油を使ってぬるぬるになった全身を執拗に愛撫され、燃えるように熱くなった身体は淫猥な歓びに身悶えた。

壁の大鏡に手をつかされ、後ろから恥ずかしい姿態で貫かれながら、何度も何度も絶頂を迎え——思い出すだけで火照ってきてしまう。

『明日は留守にするが、きみに宿題を出しておこう。私が出かけたあとに奥の浴室で入浴をするんだ。そして浴槽のそばの棚をあけてみるといい』

戯れのさなかに囁かれた誘惑を思い出し、頭の奥がシィンと痺れる。いったいなにを隠していったのかと、ドロワーズのさらに下、花びらの奥の小さな突起が好奇心にうながされてトクンと脈うった。

——あぁ……だめ、……だめなの……。

心臓がとくとくと鼓動をはやめ、ノエルの足は明るいサロンを抜け、そっと階段を上っていく。

最上階のプライベートルームに入ると、暖炉に飾られた陶器製のウサギの置物がある。その置物の底に隠されていた鍵を手に取った。

廊下の突き当たりの、いちばん奥の扉。そこがあの秘密の部屋への入り口だった。

この部屋にあるものは、すべて自由に目を通し、使ってかまわない——そうルシアンから言われてはいたものの、これまでここに足を踏み入れたのは、彼に連れられたときだけである。

なのにいま、甘い花蜜を求める蝶のように、ノエルはふらふらと淫らな記憶のたちこめるこの部屋にさ迷いこんでしまう。

——こんな明るい時間から、ここに来てしまうなんて……。

甘く上品な室香がただようなか、裸婦の彫り込まれた大きな書棚には、卑猥な描写がつづられた官能小説の数々や、中国やインドに古来伝わる性愛の手引書などが置かれている。

そして書棚とおなじような彫刻のなされた黒檀の物入れには、あの革手袋をはじめとしたさまざまな素材や形状の淫具、香油や目隠し布などが収められているのだ。

いったいこのような調度を、どうやって集めたのだろう。ノエルにはまったく想像もつかない。そういえば譲り受けたのだとルシアンが言っていたような気もするが、いったい誰から？

そんなことを考えながらも黄金に輝く髪を巻き上げ、ほっそりとしたうなじをさらすとドレスや下着をするりと脱ぎ落とし、ノエルは全裸になった。

うっすらとした金茶色の秘毛はルシアンの手によって剃り落とされていて、つるりと無防備な秘裂がたまらなく淫猥だ。

隣り合ったバスルームに入ると天窓から入る陽射しのまぶしさに、思わず目を細める。

ルシアンに命じられたとおり、蛇口をひねって真っ白な琺瑯《ほうろう》のバスタブにお湯をため、エキゾチックな香りのシャボンをたっぷりと泡立てた。

そうしてバスタブのすぐ上に造りつけられた棚をあけて、思わず息をのむ――そこにはベルベットの布につつまれた、大きな張り型が置かれていたのだ。

磨きぬかれて黒光りしているそれは、大きさも長さも本物そっくりか、それ以上に見えた。かたわらに『見せてごらん』と走り書きされた紙片が置かれている。

「も、もう……ルシアンったら」

その意味に気づき、かあっと頬を赤らめたノエルは思わず棚の扉を閉じた。

このまま服を着て階下に戻ろうかとも思ったが、すでにバスタブには半分ほど湯を張ってしまったし、せめて入浴だけでもしていこうと思い直す。

温かい湯に身を沈め、身体を洗いはじめる。首筋から鎖骨、肩、腕にシャボンの泡を広げていくが、さっきの張り型のことがどうしても頭をよぎって、悩ましい心持ちになってしまう。

「ん、あ」

ぼんやりしながら、むちりとした乳房にも泡をまぶすと、とろりと甘い疼きが這いあがってきた。

「んふ……あぁ……あ……ン」

ルシアンにそうされているように、いつしかぬるぬるした乳房を揉みしだく手がとまらない。たぷたぷと大きく揺すりあげ、すぐに硬く尖っていく乳首を押しつぶすように捏ねまわせば、たまらなく心地よくなって喘いでしまう。

『欲望を受け入れ、自分を解放するんだ。本当の姿を受け入れろ』

いつも寝台の上でルシアンに耳打ちされる言葉が、頭のなかに浮かんだ。

乳首をクリクリといじりながら、お湯の中で腰を浮かせて脚をこすりあわせれば、すでに秘所は熱く潤んで——本当はこの部屋に来たときからいやらしい誘惑に身体がはやり、快楽を求めていたことを思い知らされる。

『さあ、見せるんだ。ありのままのきみを』

淫蕩な欲望に支配された自分を、なんとはしたない娘だろうかと情けなく思いながらも、ルシアンの命令に従う快楽に逆らえなかった。気づけばノエルは棚からあの淫具を取りだして、湯に沈めていた。

――ああ……。

黒光りする太いものを握っているだけで、恥ずかしさのあまりめまいがした。

彼に命じられて自慰をさせられることは何度もあったが、ひとりのときにここまでしたことはない。

じんじん疼く淫芽を指先でいじりながら、張り型の尖頭を潤んだ蜜口にあてがう。

ルシアンに与えられる豊潤な歓びにくらべれば、あまりにつたない戯れだ。けれどいまはこうするほかはない。

「あっ……あ、ん……ください……旦那さま……」

房事のときルシアンはこう呼ばれるのを好み、ノエルもまた同様だった。

愛しい婚約者に抱かれる姿を夢想しながら、ノエルはスミレ色の瞳を潤ませた。焦らすようにゆっくりと、偽の亀頭がやわ襞をぐぷぐぷっと押し開いて――。

「ん、あっ、あっ、ああ――」

押し寄せてくる快楽に背を反らす。昨晩もさんざんルシアンに愛しぬかれたそこはとうに濡れそぼち、淫猥な玩具を抵抗なく呑みこんでいった。

「やぁ……大きい…の……ぜんぶ…奥まで入っちゃう……」

硬い。そして太い。

蜜壺をずぶずぶとかきわけてくるその感触に、ひく、ひくんとやわ襞が吸いつくように動いて、たまらず喘いでしまう。

そのうえお湯の中では身体も軽く、まるでルシアンに支えてもらっているかのように自在に腰を動かすことができる。

真昼の陽光が、ふわふわと揺れる水面のシャボンを虹色にきらめかせるなか――心地よく温かい泡につつまれながら、ああ…、とはしたない声をあげ、ノエルは夢中で自慰にふけった。

「あぁん……だめ……見ないで……見ないでえ」

そんな痴態を、淫蕩な緑色の瞳で見つめられているかのように妄想すると、それだけで達してしまいそうなほど高ぶらされてしまう。

使用人たちはルシアンによく言い含められているらしく、日ごろから目立つようなこともなければ、主たちの楽しみを邪魔するようなことはけしてない。

しかしもちろん――いくら命じられたとはいえ、婚約者の留守に無聊を慰めるあさましい姿など絶対に見られたくはない。

なのにその一方で、もし誰かに気づかれたらと思うと、かえってその背徳感にゾクゾクしてしまう。

こんな自分は、きっとどこかがおかしいのだ。こんなにもふしだらな快楽と歓びを教えられ開花してしまったいま、身も心も受け入れてくれるのはルシアンだけで――。

「ああ……旦那さま、もっと……」

つるりとした秘裂の奥まで偽の男根をずっぷりと押し入れ、くねくねと腰を押しまわせば、肌が粟立つほどの愉悦が広がり、もうとまらなくなってしまう。

「あっ、あっ！　あぁあ……いい……」

ちゃぷちゃぷとお湯が波立つほどに腰を振りたて、愛しい婚約者を思いながらノエルは夢心地になった。衰えを知らぬ淫具の根元を支えながら、もう片方の指で淫核をクリクリと揉みこんで、どちらの動きもしだいにはやくなっていく。

ねっとり張り型を咥えこんだ媚壁がわななき、きゅんきゅんと吸いつくように痙攣する。

バスタブから伸びた両のつま先が、ピンと硬く突っ張った。

「んあ……あっあっ……ああ……ん！　あぁあ……」

白熱した快楽の大波が、幾度も押し寄せてくる。喉を反らして、ノエルは恍惚と昇りつめた。

昼間からこんなにいやらしいことをしてしまって――今夜帰宅したルシアンに告白したら、どんなふうに思われるだろう。

それでいいと満足げに言われるのか、悪い子だと呆れたような冷笑を向けられるのか……ご褒美にしろお仕置きにしろ、そのときのことを思えば期待とも怖れともつかない妖しい高揚に胸がふるえてしまうのだった。

こうしてようやく淫らな火照りを鎮めると、ノエルはあらためて身体をさっぱりと清めなおした。身支度をととのえて、階下のサロンに下りていく。

――いつのまにか結婚式まで、もうあと二か月もないのね。細々《こまごま》とした準備は山のようにあるのだし、すこしでも減らしておかないと。

恥ずかしい行為にふけってしまったうしろめたさも手伝って、よけいになにかしなくてはと思い立つ。

明るい陽光が射し込む広間は、彼女のお気に入りの場所だった。大きな縦窓からのぞくプライベートパークの景色を眺めながら、披露パーティの席数やメニュー、注文する花などを確認しながら書きつけに目を通していると――。

　玄関の呼び鈴が鳴り、メイドが来客を告げる。

「ダウニングさまとおっしゃるかたがおいでです」

「ギルバートお兄さまが？」

　思いがけない来訪に、一瞬、どうしたらいいものかとノエルは迷った。

　ルシアンがいとこを快く思っていないのは承知している。しかし正直ノエルは、彼がギルバートを誤解し、勝手に疑いすぎているとも思っていた。

　それに「いつでも連絡して」と言ったのは自分のほうなのだ。わざわざ訪ねてきてくれたところを居留守を使ったり、追い返すのは気が退けた。

　――人前で堂々と会えば、よからぬ疑いを受けることもないはずだわ。

　そう考えて、彼をサロンに案内するように頼む。

「やあノエル、このあいだは会えて嬉しかった。突然お邪魔をしてすまないな。だいじょうぶだったかい」

「もちろんですわ、お兄さま。来てくださって嬉しいです」

　お茶の用意をしたメイドをさりげなくその場に同席させて、ノエルはいとこの青年を歓迎した。

「今日は非番でね。式の招待状が届いたので、両親からも頼まれてお礼を言いに来た。ふたりともとても喜んでいたよ……伯爵はお出かけのようだが」

「ええ。お仕事なの。私だけでは退屈でしたかしら」

「まさか、そんなことはない」

持ち前のユーモアと明るさで、ギルバートは病院勤務の日々にあった出来事を話してくれる。患者との温かい交流や、古い病棟にまつわるぞっとするような噂話や――彼のおかげで、思いがけずノエルも楽しいひとときを過ごすことができた。

「ああ、もうこんな時間か。長居をしてしまってすまなかったね。そろそろ失礼するよ。伯爵にもどうかよろしく伝えておくれ」

席を立ったギルバートは、温かい微笑みを向けてくる。

「本当に幸せなのだね、ノエル。いまのきみはとてもきれいだ。伯爵に愛されているのが見ていて伝わってくる……本当によかった」

やっぱり、お兄さまは変わっていない。そう確信したノエルは、思いきっていとこを引きとめた。

「あの、お兄さま。ご相談したいことがあるのですけど」

ルシアンがときおりひどいめまいや頭痛を覚えているらしいこと、しかし本人にはさほど自覚がないことなどを話してみると、ギルバートは医師の顔になって顎を撫でた。

「もし落馬と関係があるのなら、遅くても事故の一、二か月後にはなにかしら深刻な症状が出ているはずだ。ただ僕は内科の人間だからね……脳外科の医師にも聞いてみよう。しかしどちらにせよ、最終的には検査をしてみないことには判断できないな」

「ありがとうございます、お兄さま。このこと、しばらくルシアンには内緒にしてもらえますか。結婚式の前だし、これ以上あのかたの心に負担をかけたくないの」

「わかった。またおりをみて訪ねるよ」

ギルバートに心配事を相談することができて、ノエルの心はすこしだけ軽くなった。

夕食の時間にはルシアンも戻ってきて、食事をともにとった。隠すとよけいにうしろめたい気がして、いとこの来訪を正直に告げる。

「ダウニングさんが、ここに来たのかい？」

「ええ。非番で、招待状が届いたとお礼を言いに来てくださったの。あとは病院でのお話をしてくれたわ……ねえ、メーナ？」

食事を終えてサロンに移動し、お茶を給仕するメイドに話をふる。まだあどけなさを残した若いメイドは、すなおに「はい」と微笑んだ。

「……そうか、わざわざ来てもらったのに留守をして申しわけなかったな。夕食までいてもらえばよかったのに」

「あの、でも……よろしかったんですか」

皮肉のひとつでも言われるかと思っていたのに、ノエルは驚いた。

「ああ、当たり前だよ。きみの大事ないとこどのなのだからね。彼、運動が得意だと言っていただろう？　今度クリケットや乗馬に誘ってもいいだろうか」

ルシアンがギルバートを毛嫌いしているかと思っていただけに、いつのまに誤解を解いてくれたのかしら、とノエルは不思議に思う。

しかし嬉しいことには変わりなく、もちろんですわ、と微笑んだ。

「それで今日は私のいないあいだ、なにをして過ごしていたんだい？　可愛い人」

「あ、あの……あなたに言われたこと……してみました」

メーナが下がり、ルシアンとふたりきりになったところで、ノエルは頬を赤らめながら彼に寄り添った。

もちろんふだんは、ノエルからこうしたそぶりを見せることはない。

けれど今夜のルシアンはとても機嫌が良さそうだった。昼間の淫らな冒険にどこか気持ちが高ぶっていたノエルは、彼をもっと喜ばせたくなり——思いきってほんのすこしだけ慎みを緩めることにしたのだ。

「私が？　すまない、なにかきみに頼んでいたかな」

いつもの優しいまなざしで、ルシアンはノエルの顔をのぞきこむ。しかし――。

「あのお部屋に行ったの。お風呂であなたを想いながら、その……教えていただいたもので、ひとり遊びを……恥ずかしかったのに、すごく気持ちがよくて……」

「待ってくれ。なにを言っているんだ、ノエル」

こわばった婚約者の声に、ノエルは冷水を浴びたように凍りついた。

「ご、ごめんなさい。あなたがあの部屋にはいつ入ってもいいとおっしゃっていたから、それで――」

「さっきから、あの部屋とはなんのことなんだ？　とにかく、いまの話は聞かなかったことにする。いいかい、レディが二度とそんなふしだらなことを口にしてはいけないよ。わかったね」

眉を寄せ、厳しい顔で言い放つルシアンを、ノエルは愕然と見やった。

挙式の前ではあっても、身も心もいまはひとつに結ばれ、夫婦同然になっていると思っていたのに。

なにかがおかしい。けれどいまの彼は真剣そのもので、とても嘘や意地悪を言っているようには思えないのだ。

「でも……私たち結ばれて……」

「もうやめてくれ！　いったいどうしたというんだ、ノエル。きみがそんなたちの悪い冗談を言うなんて信じられない。見損なったよ」

よそよそしく言い捨てられて、ノエルは打ちのめされた。

「ま、待って。冗談なんかじゃ……ちがうの、ルシアン」

差しのべたノエルの手を、ルシアンは汚らわしいものでもあるかのように払いのけた。

「っ……、ひとりにしてくれ」

彼は本気でショックを受けており、これまで見たこともないほどの拒絶反応を示していた。ギルバートへの態度の変化といい、まるで本当に記憶の異なる別人に入れ替わってしまったようだ。

「本当に、なにも憶えていらっしゃらないの……？」

ふるえるノエルの声さえ聞こえないように、彼は額を押さえてうめいた。

「……ちがうんだ……私はきみを……守りたくて必死だったんだ……！」

「守る？　なんのことですの」

「守りたくて……だから会いに行った……ブラックバーンに――」

そうつぶやくルシアンの身体がぐらりと揺れ、長身がソファに倒れこむ。

ううっ、と頭を抱えてのたうつ姿に、ノエルは蒼白になった。

「誰か、誰かお医者さまを！」

悶え苦しむ婚約者の手を握り、そう叫ぶことしかできなかった。


医師の診断は、過労による極度の疲労状態だった。

ただでさえあわただしさを増す挙式前の準備や社交にくわえ——そのあとの新婚旅行をかねた長期休暇にそなえ、ルシアンは投資や所領管理の仕事をできるだけ片付けておこうと働きづめだったらしい。

「挙式まで、なるべく身体を休めるようになさってください。睡眠をよく取って」

「彼、昨年の夏に落馬して頭を打っているんです。それが心配で」

さっき目の当たりにした彼の記憶の混乱については、またあらためてギルバートに相談するしかないだろう。この医師を信用しないわけではないが、不用意な一言でどんな噂が社交界に広まってしまうかもしれないのだ。

「今回の症状はそれほど重篤《じゅうとく》なものではありません。しかし気になるようでしたら、もう一度検査をなさったほうが安心でしょうな……また明朝うかがいますので」

「わかりました。夜分遅くに、どうもありがとうございました」

ギルバートの見立てとほぼ同様の所見を告げ、医師は帰って行った。

鎮静剤を投与され、ぐっすりと眠る端整な顔を見ながらノエルは涙ぐんだ。

――ごめんなさい。私があんなことを言ったりしなければ……。

確実なことは、まだなにひとつわからない、けれどノエルの言葉が彼を追いつめ、激昂させてしまったのはほぼまちがいないだろう。

このまま彼の体調がすぐれないなら、いっそロンドンを離れて、所領地の城館で静養したほうがいいかもしれない。叔父夫婦に相談しようかとも思うが、ひとまずは彼の回復を待つことしかできなかった。

それにしても、倒れる直前のルシアンはようすがおかしかった。

ギルバートへの態度もそうだし、ノエルの告白や、あの秘密の部屋のことについてもなにも憶えていないかのようだ。

――そう、まるで記憶喪失みたいに……それに、私を守りたくて、と言っていたわ。ブラックバーンというのは地名？　それとも誰かの名前かしら？

理由はわからないが、自分の知らないところでルシアンがずっと苦悩していたことはたしかだ。そして、そこにはブラックバーンという名のなにかが関わっているらしい。

婚約者をそっと見やると、苦しげに寄せられた眉に胸が痛む。

「ルシアン……いったいなにがあったの」

なんでもいい、彼の力になれることはないのだろうか。ノエルは涙をぬぐって立ちあがると、書斎に向かった。

――勝手にごめんなさい。でもあなたを助けられることがもしあるなら、なんでもしたいの。

すでに深夜になっていたが――ルシアンがあれほど動揺したうえで口にのぼった言葉だ、苦悩の理由を直接本人から聞きだすことは難しいだろう。手がかりを探すならば、明朝、彼が起きだす前にやらなければならなかった。

わかっているのはブラックバーンという名称だけだ。書棚から、主だった貴族の家名が記載されている名簿を取りだして調べてみる。

「あったわ。メイナード・ブラックバーン侯爵……とりあえず当てはまるのはこのかただけみたい」

もとは古い家柄の名門家らしいが、子どもや親類のことは記されていない。

仕事関係の住所録から、父の消息が記された報告書まで、ノエルは見られる範囲で書類などを確認していったが、ルシアンと謎の侯爵との関係を示す手がかりはなにも見つからなかった。

「金庫は鍵がかかっているし、たぶん証書しか入っていないはず……」

その他に考えつくところといえば、あとはあそこしか——。

期待はできないと思いながらも、藁《わら》にもすがる思いでノエルは最上階に戻る。ウサギの置物から鍵を取り、秘密の部屋に入った。

いつもは淫らな高揚感につつまれる場所だが、いまはルシアンを救うことだけしか頭にない。

黒檀の物入れの引き出しを順番にあけ、それが空振りに終わると、書棚に収められた本を抜き取り、中をあらためる。

上から十冊ほど見ていくと背伸びをした姿勢がつらくなってきて、途中から下の棚からに切り替える。すると偶然、いちばん左下の本を抜き取った奥に、小さな扉が造りつけられているのに気づいた。

「こんなところに隠し扉が……？」

好奇心と不安とにかられながら取っ手をそっと引っぱると、パチリと扉がひらく。なかには分厚い本が収められていた。

飴色になめした上質の革で装丁されていて、どうやら直筆で書かれた日記帳のようだ。

裏を返したノエルは、思わず息をのんだ。

――これって……！

装丁に捺《お》されていたのは、おぼろげながら見覚えのある家紋だった。あの香水をつけた長身の貴婦人と、豪奢な馬車が思い浮かぶ。

「あの馬車に記されていた家紋はただのBじゃなかったんだわ。Bがふたつ重なった……BB、ブラックバーン家の家紋……？」

もしかしたらあの貴婦人とルシアンのあいだには、なにか関係があるのだろうか。そういえば、香水の話をしていて彼女の容姿を告げたとき、やけにルシアンはふさぎこんでいたような気がする。

知りたくないという不安と、知らなければという気持ちが入り乱れ、ノエルはこくりと喉を鳴らす。けれど苦しむルシアンの姿を思えば勇気をふるい起こすほかはなく、寝台の上に座り込むと、謎めいた日記帳をひらいた。

「親愛なるF、我が遺産の相続人へ……」

そこに書かれていたのは――とある貴族の女性遍歴を記したものだった。

とりあえず書き手をブラックバーン侯爵と仮定して、ぱらぱらと目を通すだけでも、彼が多くの女性たちと夜ごと淫らな饗宴を繰り広げていたことがかいま見える。

だがどうやら侯爵は、この日記を書いたころにはすでにそれなりの年齢だったようだ。Fと呼ばれるパートナーの女性以外に、家族や身寄りのことは書かれていなかった。彼は自分が直接女性と交わるよりも、そうした光景を眺めたり、無垢な娘を性的に教育したりするのが好みだったらしい。

ときには媚薬や淫具を使って女性同士を愛しあわせたり、わざと粗野な狩人や農夫を肉欲の宴に招待したことが仔細に書かれている。

しかし女性を見下すような記述はなく、むしろその美しさをくり返し賛美している内容だ。高い教養が感じられる文才があり、読んでいるだけで身体が熱くなってきそうだった。

――もしかしたらこのかたが、ここにある絵や蔵書の持ち主だったのかしら。

記録は数年間にわたっており、万が一他人の目に触れることを考慮してか、名前はすべてイニシャルで書かれている。

ノエルは心臓の鼓動をはやめながら、侯爵とルシアンとを結びつける記載がないかどうか、懸命にページをめくった。そして――。

『今日訪ねてきたLという若者は、素晴らしい素養の持ち主だ。まだ本人は気づいていないが、目覚めれば私の後継者たる資格があるだろう……あのエメラルドのような瞳に潜む淫らな獣を解き放つ日が愉しみでならない』

エメラルドの瞳、という記述にノエルはどきっとした。

記されたLという人物の目の色は、まさにルシアンを彷彿とさせた。淫らな獣というイメージも、あの秘密の部屋での行為に当てはまるような気がする。

『いまは憤り、反発しているが、いずれはおのれの本当の声に気づくはずだ。Nを幸せにするためには、みずからの真なる姿を受け入れるしかないのだと』

もしLがルシアンだとしたら、Nはノエルのことだろう。

『きみを幸せにする』『本当の自分を受け入れろ』――その言葉は、どちらもルシアンの口癖だ。さらにそう思いあたり、指先が冷える。

日付は、ちょうど彼女が女学院に入ったころだ。目の色やイニシャルは合致しているが、これだけではまだ確証とまではいかないし、彼らの繋がりも見えてこない。

さらに日記を読み進めたが、そこでLという若者についての記述は終わってしまっていた。あとはふたたび淫らな宴のことが書き連ねてあり、知りたい事実に近づけない。

疲れてかすむ目を擦り、ふと時計を見ればすでに夜明け近くになっていて――もうすぐ厨房の使用人やメイドたちが起きだす時間だと悟ったノエルは、日記を元どおり本棚の奥の隠し扉にしまった。

「これだけの量があるのだもの、しかたないわ……見落とさないように根気強く読んでいかなきゃ」

すこしだけでも眠っておこうと階下の自室に戻り、寝台にもぐり込んだ。

それにしても、以前、演奏会で気になっていたあの黒衣の貴婦人が乗っていた馬車の家紋と、この日記の家紋が一致するなんて、どうしためぐりあわせだろう。

――もしかしてあのかたが、Ｆと書かれていた人なのかしら。でも侯爵夫人にしてはお若そうだったし、侯爵さまだってあんな行為の数々をわざわざ記録して奥さまに見せたりしないだろうし……となると、やっぱり愛人、ってことになるのかしら。

考えれば考えるほど、謎めいた糸と糸がからまっていくようだった。

ブラックバーン侯爵とルシアンが知り合ったきっかけとはなんだろう。

――私を守りたくて、公爵のもとに行ったのだと……そうルシアンは言ってくれた。そのせいで彼がいま苦しんでいるのなら、今度は私が彼を助ける番だわ。

それだけはなにがあっても、と決意して、ノエルはスミレ色の瞳を閉じた。

翌朝もルシアンは微熱があり、往診した医師の指示によって安静が言い渡された。

「心配をかけてすまない。過労とは情けないな。しかしこの程度で寝ていろとは、医師も

ていた。
ことさら明るくふるまうノエルが朝食を寝台まで運ぶと、ルシアンはいつもの彼に戻っ
「いいえ、休んでいてください。大事なお身体ですもの」
大げさだ」

——よかった……顔色もずいぶんよくなってる。
昨晩のことをどこまで憶えているのかはわからないが、蒸し返してまた彼を苦しめるこ
とだけは避けたかった。
「お医者さまも、当分お仕事は控えめにとおっしゃっていましたわ。一度、ロンドンを離
れて城館に戻りましょうか」
「まさか、だいじょうぶさ。どうせ挙式の半月前には戻ることになるんだ。いまは……」
「いまは、なんですの？」
「ここできみとの自由な生活を楽しみたい。毎日がとても幸せなんだ。観劇や舞踏会や、
食事や買い物や……ふたりだけの生活を満喫している。まだいいだろう？」
そう言ってノエルの手をそっと握り、ルシアンは昔となにも変わらないはにかんだ笑み
を浮かべる。ノエルはせつなさに胸がいっぱいになって瞳を伏せた。
「いいわ。あなたがそうおっしゃるなら。でも本当に無理だけはなさらないでね」

そう答え、ぎゅっと手を握り返せば、明るい緑の瞳が微笑み返してきた。

それからルシアンに頼まれた手紙や電報を出すよう使用人に言いつけたり、結婚式の細々とした手配を確認したりと、ノエルは忙しく立ち働いた。

しかし昼食をとったあと、解熱剤を飲んだルシアンが眠ってしまうと、ふたたび意を決して秘密の部屋に入った。

――あの人がなにに苦しんでいるのか、すこしでも手がかりを探したい。

本棚の隠し扉から日記を取りだすと、ノエルはＢＢの紋章をじっと見つめ、指でなぞった。そうして昨晩のつづきを読んでいく。

ときおり出てくる描写からも、侯爵の住まいは立派な古城のようだった。深い森に囲まれた静謐な石壁が浮かんでくる。

Ｆという女性を通じ、侯爵は貧しく身寄りのない美しい娘や若者を数多く保護していたらしい。

その後はたいてい、他の貴族家の使用人といった働き口を紹介してやっていたが、侯爵が選んだ素質のある者だけは『特別なサロン』で暮らすことを許していた。

この秘密の社交サロンには、侯爵が壮年のころには英国のみならず諸外国からも上流階級の人々がお忍びで訪れ、秘めやかな饗宴が夜ごと繰り広げられていたようだ。

粗野な狩人に押し倒されて歓びに喘ぐ貴婦人、うぶな少年の初物ばかりを好む令嬢。親子ほど離れた年上の殿方にしか興奮しないレディ、縛られないと昇りつめられない紳士。それから女性同士、男性同士に――退廃的な貴族たちの倒錯《とうさく》的な遊戯が、回想録として多く書き残されている。

しかし侯爵も年を重ねるとこうした集いはしだいに間遠になり、Fが保護した幾人かの娘たちに、官能的な遊びを教え仕込む程度にとどまっていたようだ。

そうして日記が昨年の晩秋のあたりまできたところで、ようやくノエルは求めていた情報に出会った。

『驚いたことに、突然Lが訪ねてきた。思いがけない僥倖《ぎょうこう》だ』

『おそらく厳格に育てられすぎたのだろう。こんなかたちで資質が目覚めてしまうとは、皮肉としかいいようがない。しかし私には彼を救うことができる。たぐいまれなる官能の至宝を手にする資格のある若者に、教えるべきことは大いにあるだろう』

その後、Lという若者は侯爵のもとを頻繁に訪れるようになっていく。そして秘密のサロンに足を踏み入れ、さまざまな性愛のかたちを侯爵とともに見届けていたらしい。

しかしノエルが怖れつつも覚悟していたような、他の女性と交渉を持つような内容はひとつも記録されてはいなかった。

もし本当にLがルシアンなら、彼は敵対していた侯爵に、なんらかのきっかけでふたたび会う決意をしたことになる。そしてこの部屋の調度とともに、倒錯的な性愛にまつわる知識を譲り受けたのだ。

——それがどうして私を守ることに繋がるのかしら……わからない。

ルシアンからほどこされた性技の数々を思い起こせば、若き伯爵が新妻を歓ばせるために性愛の講義を受けたのだとも考えられる。

しかし彼の性格を思えば無理のある推測だったし、ルシアンにとって『守る』という言葉はもっと重い意味を持っているような気がした。

そのあとも日記を読み進めたが、年が明けたあたりでLについての記載はなくなり、日付も飛びがちになっていく。最後のページは一月の終わりだった。

そこには一通の封筒が挟みこまれていて、ためらいながらも中身をひらくと、

『FからLへ。主からの遺言をお伝えしたく、城まで来られたし』

という短文が、憶えのあるほのかな香りとともにしたためられていた。

——この香り……やっぱり、あのかただったんだわ。

さいわい封筒には、美しい字で住所がしたためられていた。ようやく大きな手がかりをつかんだノエルは、日記を片付けると封筒だけを握りしめ、ふたたびルシアンの書斎に向

かった。

――あのおかたに会って、お話を聞きたい。でも、いきなり訪ねたら失礼かもしれないわ。先にお手紙を書いたほうがいいかしら。

ロンドン郊外、大きな森の近く。地図帳をひらいて該当する住所を懸命に目で追うノエルは、夢中になりすぎて扉のひらく音に気がつかなかった。

「なにをしているんだい、ノエル」

背後からルシアンの声がして、はっと息をのむ。

「お、お目覚めになったんですね。呼び鈴を鳴らしてくだされば、うかがいましたのに」

地図帳を閉じると後ろ手に封筒を隠して、ふり返った。

「そんなものを見て、私に黙ってどこかへ行くつもりだったのか」

「いいえ、そんなことしません」

婚約者の表情に怒りはない。しかし、その瞳は燭火のように妖しく輝いている。

あの秘密の部屋で見せる、夜の顔――もうひとりの彼だ、と直感した。

「ならば、その手に隠しているのはなんだ？」

「なんでもないの――あっ……！」

書棚に押しつけられるようにして、ノエルはルシアンに強引に抱きすくめられる。押しつけられた腰から、猛った雄のあかしがありありと感じられた。

「んっ……、だめ、ですわ、まだお休みになっていないと……あ……んっ」

「熱は下がった。もうじゅうぶんに休んださ。きみに触れればもっと元気になれる……そうだろう？」

喘ぐノエルの胸を飢えたようにまさぐりながら、ルシアンは耳朶から首筋、鎖骨に唇を這わせていく。

「きみを不安にさせたことは知っている。私がおそろしいか？」

「……いいえ。あなたをこわいと思ったりしません。ただ、心配でたまらないんです」

「私はきみをうしないたくないだけだ」

底知れない闇に暗く塗りつぶされた瞳を見やれば、彼も苦しんでいるにちがいないのだと、ひどくやるせない気分になる。ノエルは握りしめていた封筒を彼に渡した。

「黙っていてごめんなさい。あなたのお力になりたくて」

「それであの日記を見つけたのか。たいしたものだな。それで？」

ノエルは力なく首をふる。

「あなたがブラックバーンさまのお城に行っていたことしか……」

「地図で彼の住まいを調べて、そこに行こうとしていたのか」

どれほど厳しく叱られるかと覚悟していたが、意外にもルシアンは冷静だった。昨晩のような頭痛に苦しむようすもなく、むしろ淡々とした面持ちだ。

「なにがあったのか教えてください。私を守るために、とあなたはおっしゃったわ。そのせいであなただけが苦しんでいるなんて耐えられないんです」

その言葉に、ルシアンはかすかに逡巡するように瞳を細めた。

「だが真実を知ったきみは私を怖れるどころか、軽蔑するかもしれない。それでも後悔はしないと？」

「あなたをそんなふうに思ったりしないわ。どうか信じてください」

一途な瞳で、ノエルは懸命に言いつのる。

「聞いて、ルシアン。あなたと一緒に生きていくのが私の願いなの。だから絶対に逃げたりなんてしません」

そんな彼女を、ルシアンは大きな執務机に押しつけた。そうしてドレスの胸元を大きくくつろげ、白い乳房をほとんど露出させてしまう。

「い、いや……なにをなさるのっ」

「ならば、その決意を試させてもらう」

「えっ……」

美しく輝く緑の瞳に、執着めいた炎が躍り上がる。それに魅入られてしまいながらも、ノエルはぞくりと身をふるわせた。

「そうだ。こんな私を本気で受け入れる気があるのならな。ノエル、きみが私を愛し、慕ってくれればくれるほど、私は――」

そう言うと、ルシアンはノエルの両手首を深紅のサッシュで巻きつけてしまう。

「あっ……おやめください！」

薄絹のふわりとしたサッシュは肌を傷つけることがなかったので、いつも彼がノエルに使うものだった。けれどあの秘密の部屋に連れていかれることもなく、この場でいきなり拘束されたことにショックを覚えた。

さらに彼はサッシュの余った部分を胸元にまわし、ふっくらとした両の乳房をそれぞれくびりだすようにして縛りあげてしまう。

「ああっ……こんな……お願いです、ここではいや……せめてあのお部屋に連れていってください」

「真実を知りたいのではなかったのか？」

書斎ともなれば、いつ使用人が電報や来訪者を知らせに来るかしれない。

それなのにルシアンはノエルに目隠しまでしてしまい、ここから逃げ出せないようにしてしまったのだ。あまりの羞恥と怯えに、彼女はしゃくりあげてしまう。

それからふわりと身体が浮いたかと思うと、堅い板の感触をお尻に感じる。

「あ、あっ」

どうやら執務机に腰かけさせられたらしく、間髪をいれずにデイドレスの裾をまくられ、脚を持ちあげられた。

「……逃げ出したいなら、逃げてもかまわないぞ」

「い、いいえ。そんなことしませんわ」

挑発するようにそう言われ、彼への気持ちを試されているのだと覚悟を決める。

「気丈だな」

膝を折り曲げられ、そのままぐっと広げられて、はしたない姿勢を取らされていく。秘密の部屋の寝台とはちがい、いつもは来客や使用人たちが出入りしている場所だけに、ひどく不安で心もとない。

「あ……ああ」

「もっとひらくんだ……そう……もっと」

――恥ずかしい……っ……でも、こうしないと彼に信頼してもらえないというなら。

ふるふると肩を揺らしながら慎みのないポーズを懸命にこらえていると、鋭利な音がして、ドロワーズが切り裂かれていくのを感じた。

目隠しをされているせいで、ルシアンの行動にはまるで予測がつかない。

やわらかな絹布に守られていた無毛の秘部がとうとうあらわになり、そこにポタリと冷たい液体が滴り落とされて、ノエルはすくみあがった。

「……ひ、ああっ」

花びらのあちこちにふりまかれたその液体は、すぐにかあっと燃えあがるような熱を発していく。匂いから、小卓に置かれていたブランデーだと悟った。

「やっ、あ……あ、ぁあっ」

じゅわりと浸透していく強烈な刺激に、ビクビクと身体が魚のように跳ねた。濃い酒精を吸った女芯が激しく疼き、ずきんずきんと脈うっている。

「ん、ぁああ……いやぁ、熱いのぉ……っ」

媚薬を与えられたかのように、ノエルは腰をくねらせてしまう。

気も狂わんばかりの淫らな焦燥に追い立てられて、どうにかなってしまいそうだった。

「ねがい、おねがい……、ルシアン……ふ、あぁっ……あぁあ！」

目隠しの下の瞳を潤ませて懇願すれば――ねっとりと熱い唇が花びらにむしゃぶりついてきて、あまりの快感に背をそらす。

「今日はいつになく興奮しているようだな。蜜の味がずいぶん濃い」

「やぁ、ちが……お酒のせい……っ」

いやいやと必死に首をふりながらも、本当は羞恥がつのるごとに強烈な快感をおぼえてしまって、ふるふるとわなないていた。

真昼の書斎で手首を縛られ、乳房を大きく突き出して――そのうえあられもない姿勢で大きく脚をひらかされ、あの部分を舐められて感じてしまっている。

ぷつんと硬く尖った肉粒から、蜜を垂れ流す淫口のくぼみ、そして秘めやかな後蕾まで――くちゅ、くちゅっとヌルつく舌先が行き来する。強く大胆なその動きに、失禁しそうなほど卑猥な感覚がこみあげた。

熱いブランデーを舐めとってもらえるのがたまらなく気持ちがよくて、たちまち愛蜜がとっぷり滴るほどあふれてしまう。

そんな自分の淫らさをあらためて思い知らされ、ノエルの頬が紅潮する。

「あぁっ……ん、んっ……やぁっ、ふ、あぁあん……っ」

「見事な味わいだ。もっと飲ませてもらおうか」

我を忘れんばかりに身悶えるノエルが気に入ったのか、ルシアンは何度もブランデーを乳首や秘所にふりかけては舐めとっていく。

しだいに蜜口の奥にまで熱い疼きがしみいってきて、ノエルの乳房も太ももも、見事な薔薇色に染めあげられた。

「あぁあん……だめ、だめです……そんなにしちゃいやあ……」

しだいにろれつもまわらなくなり、薄くひらいた愛らしい唇から、とろりと銀色の唾液がしたたり落ちる。すでに書斎机はあふれる淫蜜でべとべとに濡れていた。

ぷっくり凝った淫核をチロチロと小刻みに刺激され、女芯の奥がヒクヒクと収斂してしまう。そんな物欲しげな動きまで、婚約者にあますところなく見られている。

そう思うと死んでしまいたいほどなのに、身体の奥底にねっとりとした火照りが生まれてどうしようもなくなってしまう。彼に支配される歓びを深く感じる以外、もうなにも考えられなかった。

「ああ……、ルシアン……だめぇ……、わたし、もう……っ」

蜜口をツンとつつかれたかと思うと、また腫れた雌しべをコリ、コリッと舐めあげられ、しだいに甘い疼きが大きな渦になっていく。

「達《い》きたいのか？」

「はい……い、いかせて……ください」

理性も酔いによって溶け崩れ、夢中になって頷くが、意地悪な舌先はふいとそこから離れてしまった。

「ん、いやぁ」

ルシアンのもたらす快楽の虜になったノエルは、細腰を揺らしてはしたないおねだりをしてしまう。

「最初はするなと言っていたのにか？」

笑みを含んだ声とともに淫核をピンと小さく弾かれ、ノエルは身悶えた。

「やぁあ、おねがい……っ」

ズキズキと悩ましい火照りが全身に広がっていく。ルシアンが欲しくて、彼に触れてもらいたくて、もうどうしようもなかった。

「ならば、すなおになれ。本当の自分を受け入れるんだ」

——ああ……。

耳に馴染んだいつもの命令にたまらない安堵さえ感じながら、ノエルはみずからを解放していった。

「な…舐めて…ください……ここ、熱いの……いっぱい……気持ちよくして……」

「本当に淫乱なご令嬢だな。だが、こうしているきみはたまらなく美しい」

「ごめんなさい、旦那さま……い、いやらしい私を……どうか、許して…ください」

情けなさに涙ぐみながらも、待ち受ける愉悦の誘惑から逃れられない。欲しいの…、と誘うように、腰を卑猥にうごめかせる。

するると待ち望んでいた熱い舌先が花芯に触れ、ぐりぐりと荒々しく攻めたててきた。

「んああっ！　……あぁ、あ――いいっ……」

もっと。

もっといじめて。激しくして。

目隠しの下の潤んだ瞳を細め、ノエルは恍惚と愛撫に溺れる。うねる下肢がとろけて、快楽のほかはなにもわからなくなりそうだった。

ブランデーに酔いしれ、焦らしに焦らされていた官能はたちまち頂点に向かって追い立てられ、太ももがひくひくとふるえだしていた。

「ん、ぁ…っ、あ、あっ――や、あ……も、いく……いっちゃう……っ」

ぱんぱんに勃起した淫核をちゅるちゅると思いきり吸いあげられて、頭が真っ白になる。

「あっ……あ――ひ、ぁあ、あんっ」

快感のあまり、いつになく高ぶった身体は透明な飛沫をぷしゃ、ぷしゃあっと吹きあげた。絶頂のさなかに悶えるノエルは、恥ずかしい愛蜜をまき散らしながらむせび泣く。

「やあっ、あっ、だめ見ないでぇ……！」

まるでお漏らしをしてしまったかのような羞恥とともに、たまらない解放感がゾクゾクと背筋を駆けあがってくる。淫蜜をほとばしらせるたびに、ああ、ああ、と大きく腰を波うたせては何度も忘我の境にたゆたった。

「ふ、これでは書類が濡れてしまって役に立たないな」

「っ、あ……あ、ごめんなさい旦那さまぁ……許して、許して……っ」

目隠しをされたままくたりと脱力したノエルは、しゃくりあげながらルシアンにすがりつく。

手首の拘束だけは解いてもらえ、これでもう信じてもらえたのだろうか、と思いかけたのもつかのま――身体の向きを変えさせられると、明るいほうに向かって押し出された。

「いけない子にはもっとお仕置きが必要だ」

思わず両手をつき、冷たいガラスの感触に驚く。

――これは窓だわ……ああ、まさか。

「……まったくきみは、私を焚《た》きつけるのがうまいな。ああ、もう我慢できない」

荒らげた低い声音で囁かれ、ぐいと強く腰を引かれる。

突き出された小さなお尻の狭間に、背後から熱い屹立がぐりぐりと押しつけられた。

「ん、は……ああ……っ」

ドクドクと脈うつ太い肉棒が、たったいま昇りつめた蜜まみれの花芯に押しつけられている。

それだけでも蜜口が物欲しげにうごめいてしまうのに――ルシアンが焦らすように腰を動かすと、ぬちゅぬちゅと卑猥な音とともに、つるりとした秘裂のあいだを太い雄のものが前後した。

「ふ、ぁあっ……そんなにされたら、おかしくなってしまいます……っ」

もうやめて、と言ってしまいたかった。

けれど、すべてはルシアンを受け入れる自分の覚悟をわかってもらうためなのだ。

ここで逃げ出せば彼を拒絶することになる。そうなれば、今度こそ心を閉ざされてしまうだろう。

そんな葛藤のさなかにも、大きくそり返った肉棒が火照った花びらをぐじゅぐじゅとスライドする。

ぬるっと淫芽の包皮をまくり上げてはこすり下ろし、蜜口を焦らすようにつついてはまた離れ――じりじりと煽られつづけて、気も狂わんばかりの焦燥にノエルはとうとう屈服してしまう。

「ん……あ、おねがい、もう……」

「ならばどうしたいんだ？」

「ほし……欲し、い……の」

「なにが欲しいのか、きちんとねだってみろ。でないとやれないぞ」

「……あ、あなたの……旦那さまの、大きくて熱いの……挿れたいっ……奥まで、いっぱいしてください……っ」

隷属の歓びに陶然となりながら、ノエルは淫らな願いを口にしてしまう。

すると花芯をこする亀頭がぐりりと蜜壷にあてがわれ、一気に突き入れられていく。

「あ、ん——あ、あぁあっ……！」

「きみの、大好きなものだ。しっかり味わうといい」

太い怒張に隘路がミチミチと押しひろげられ、野太いほどの快楽に上体から力が抜ける。

深紅のサッシュにくびりだされた乳房がガラス窓に密着して広がった。

「あ、あ……やあ、つめたいっ」

たちまち乳首がぎゅっと凝って、じんじんしてくる。

目隠しを取って窓の外を見下ろせたなら、おそらく多くの馬車や人々が街を行き交っているのが見えることだろう。

そしてもしも誰かがこの光景に気づいて外から窓を見あげれば、名門家に嫁ぐはずの令嬢が、卑猥な欲望まみれになって喘ぐあさましい姿を見られてしまうことになる。

そう思うとすくみあがるほどのおののきとともに、背筋がゾクゾクとふるえるような恍惚をおぼえてしまう。

「っ、もうこんなに貪欲に締めつけて……本当に好きものだな」

ぱつ、ぱつっ、と肌のぶつかる恥ずかしい音が書斎に響きわたる。激しい抽挿に、押しつけられた窓ガラスがミシミシ軋んだ。

もう、なにも考えられない。

はしたなくお尻を突き出し、蜜まみれの女芯いっぱいに太い雄のものを咥えこんで——とめどない快楽の奔流《ほんりゅう》に、ノエルはただ濃密な歓喜のなかにいた。

「寝室でするときより、ずっときつくなってるじゃないか。そんなにこれが好きか」

肉棒の埋まる蜜口の輪郭をルシアンの指がじっとりなぞり、そのまま淫核をくりくりといじりまわす。

「ああ……いいです…、とってもいいの……あん、あぁん……」

乙女の身体に潜んだ淫蕩な血は沸きたち、もっともっとと嬉しげに肉棒を誘いこんでしまう。

そう、これが私。淫らな私——ノエル・レディントンの本当の姿。

こうした交わりを人々がどう思おうと、もはや関係がなかった。

ルシアンの求めるものはノエルの求めるものであり、彼から与えられる極上の快楽を、ただ心身ともに愛しぬくことしかできなかった。

「あ…、旦那さま……ぁ、ぜんぶください……っ」

これまでの交合において、ルシアンがノエルの体内に欲望を放ったことは一度もない。

しかしノエルはいま、みずから求めて愛しい人のすべてを受け入れようとしていた。

「っ、ノエル――私を受け入れてくれるのだな……本当に」

弾む息の合間、ルシアンの声が歓喜に満ちる。

その想いが通じたのかどうか、媚壁を荒々しくこする肉棒が、ひときわみっしりと膨張していく。

――あぁあ……きて。きて……旦那さま。

激しく疼く子壺の入り口を、亀頭がねっちりと執拗に捏ねている。あふれる幸福と期待にノエルが細腰をうちふるわせた、そのせつな――。

「やめろっ……!!」

扉の開く音とともに、男性が怒鳴り込んでくる。ノエルは一瞬なにが起こったのかわからなかった。

しかし快楽に霞んだ理性がゆっくり動きはじめると、恐怖に全身がすくみあがる。

「い、や……いやぁ！　お願い、見ないでぇ……！」

いったい誰だというのか――ショックのあまり目隠しの奥の瞳から涙がどっとあふれて、激しく身悶えする。

乳房もお尻もむき出しにして窓ガラスに押しつけられ、恥ずかしいところに雄肉を食い締めている。そんなあさましい姿を誰にも見られるわけにはいかない。

しかし――。

「驚きだな。将来の男爵ともあろうかたが、勝手に人の屋敷に踏み入ってくるとは」

「貴様っ……！」

――まさか、ギルバートお兄さまなの？

ぎくりと身体がこわばり、ノエルは蒼白になる。しかしルシアンは動揺したそぶりさえ見せなかった。

「隠すことはないだろう、ダウニングさん。あなたが彼女に惹かれていることは知っているんだ。おなじ女に惚れた相手に気づかないほど、私は鈍《にぶ》い男ではないのでね」

「な……っ」

「いやっ……あ、あ――」

必死に身じろぎをするが、ルシアンは解放してくれない。そればかりか、こんな状況であるにもかかわらず大きく腰を使い、いっそう硬く勃起した肉棒でずんずんと突き上げてくる。

「ん、あ……あっ、ひぁ、ああっ」

やめて、と叫びたかったけれど、できなかった。

さっき『私を受け入れてくれるのだな』とつぶやいたルシアンの声には、深い歓びが滲んでいた。ここで彼を拒絶すれば、ノエルを信じかけたその心は粉々になってしまう。どんな理由があろうと彼を支え、ともにいると誓ったのだ。

「ノエル、いますぐその男から離れろ。ここを出るんだ！」

「んんっ……ごめんなさいお兄さまっ……あぁ……こんな…はしたないわたしを……どうか許してぇ……っ」

ずちゅ、くちゅ、と卑猥な音が響くなか、異様な状況にもかかわらず、下肢からふたたび強靭な快楽が這いあがってくる。

そう、こんなにも淫らな自分を愛してくれるのは、ルシアンしかいない。彼がいなければ、彼の愛がなければ生きていけない。

「わかるだろう。彼女はこんな私を受け入れようとしてくれている。我々は愛しあってい

るんだ、邪魔をしないでもらいたい」

「ばかな。聞こえないのか、ノエル」

あまりの光景が信じられず、呆然と立ち尽くしているのだろう。ギルバートの声はかすれていた。

「……い、の……お、にいさま……わたし、ルシアンを……旦那さまを…心から、あいして……あ、あぁ……っ」

「あなたも本当は見たかったんだろう。こんなふうに乱れた彼女の淫らな姿を……お望みなら一緒に愉しんでみるか？」

「やめろ……やめてくれ……っ」

「ふ、本気にしたのか、図々しいな。残念だが、彼女に指一本触れさせる気はない」

棒立ちになったギルバートをあざ笑うかのように、肌と肌がぶつかりあう淫らな打擲音《ちょうちゃく》がはやまる。

はちきれそうな乳房をつかまれ、硬く尖った乳首をくりくりとつまみあげられて——熟れた蜜壺が、応えるように激しくわななく。

「もう達《い》きたいのか。ならば大好きなお兄さまに、しっかりと見届けてもらおうか」

「いやああ、恥ずかしいの……お願い帰って、もう帰って、お兄さまぁ……！」

乱れた髪をふり乱しながら、ノエルはいやいやをする。目隠しの下からあふれた涙が頬を伝ったが、背徳の愉悦に溺れ、はしりはじめた身体はもうとめられなくなっていた。

ごつごつと血管を浮かせて猛る熱いものが、ひときわ深く押し入ってくる。

淫核の裏側あたりのふくらみを亀頭がこすり、やがて最奥をやわらかく突き上げる。

そのたびにほとばしる強靭な快感に、子壷の入り口がうずうずとうねった。目がくらみ、とろけそうに熱い歓びがどんどんあふれてきて――。

「はぁ、あ…っ、いく……いくの……いっちゃうの……だめぇ、見ないで」

乳房を揉まれ、ずん、ずんっと激しく穿たれながら、ノエルはびくびくと身体をわななかせながら昇りつめていく。

親しいいとこに乱れきった痴態を見られ、死んでしまいたいほどの恥辱におそわれているのに――ひどく高ぶり、感じてしまう自分に絶望する。

けれど、これが自分の本当の姿なのだ。ルシアンにいやらしいことを命じられれば命じられるほど、淫蕩な歓びに溺れて花ひらく。

「ああ、ノエル――淫らな私の花嫁。この男の目の前で、きみの中にたっぷりと注ぎこんでやろう」

ルシアンもまた恍惚と声を押し殺し、一息に欲望を解放していく。

絶頂感とともに、隘路に締めつけられた雄肉がドクドクと脈うった。熟れて悶える体内に、熱い飛沫がびゅく、びゅくっとほとばしるのを感じる。

「あ、あっ……あん、すごい……旦那さま……ああ、熱い……熱くてきもちいい……」

もっと、もっとと細腰を貪婪にくねらせれば、白濁の混じった大量の愛蜜がぷしゃぷしゃと散り、野太い快感に二度、三度と身体をふるわせる。こんなにも激しい絶頂感に見舞われたのははじめてだった。

「このけだものめ……!!」

瞬間、強い衝撃がはしってノエルは床に投げ出された。

重いものを殴りつけるような音が何度か聞こえたあと、目隠しが外され——涙に濡れたギルバートの顔があらわれた。

「ん…あ……、おにい、さま……?」

激しい交合の余韻に支配され、なにが起こったのかわからない。夢から醒めたばかりのようにノエルはとろりと瞳を潤ませた。

ぼんやりとしたまま肩に彼の外套をかけられ、抱きかかえあげられる。

しかしふと背後を見れば、書斎机に倒れこんだ婚約者の背中が見えた。殴られて気をうしなってしまったのか、まったく動かない。

「ルシ……アン？」

焦点をうしなっていた目に光が戻り、我に返ったノエルは蒼白になった。

「い……や――いやあ、下ろして！　あのひとのそばにいさせて！」

「しっかりするんだ！　きみは正気をうしなっている。こんなところに置いておけるものか！」

「ちがうの、理由があるのよ……聞いて、お兄さま」

激しく身じろぎするノエルを無理やり書斎から連れ出して、ギルバートは足早に階段を下りていく。

「訪ねてみれば、玄関先まできみの声が聞こえてきて耳を疑った。あんなひどい目にあわされていたなんて、なんてことだ。奴のような男と、絶対に結婚などさせるものか」

自由に暮らしたいというルシアンの嗜好が裏目に出たかたちとなり、執事も侍従もいないタウンハウスでは、年若い使用人たちがおろおろとするばかりだった。

そのなかをかいくぐって、ギルバートは待たせていた馬車に乗りこんだ。

「おねがい、いま彼をひとりにはできないの。どうか帰してくださいっ」

「それはできない。きみはここにいるべきではないんだ」

厳しい顔をしたギルバートは行き先を御者に告げ、馬車が走りだす。

――ああ、ルシアン……！

瀟洒なタウンハウスが、見るまに離れていく。

橋を渡り、いつしか馬車が街を抜けても、ノエルは涙に濡れた瞳を呆然と見ひらいたまま、窓の外をぼんやり見つめつづけた。

まるで、壊れた人形のように虚ろな表情をして――。

第四章　真　実

　ノエルは、ロンドン郊外にあるダウニング家に保護された。

　男爵夫妻であるギルバートの初老の両親のほか、男性の召し使いとメイドがひとりずつ、あとはコックがいるだけである。慎ましやかな庭園のあるごく普通の屋敷だが、手入れはきちんとなされていた。

「おはようございます、おじさま、おばさま……お兄さま」

「ああ、おはよう」

　身支度をととのえて階下に下りると、男爵夫妻、そしてギルバートと挨拶を交わす。ギルバートは非番らしく、硬い表情のまま新聞に見入るばかりだった。

　そんなぎこちない空気を和らげるように、夫妻は温かく声をかけてくれる。

「おはよう、ノエル。よく眠れたかね」

「はい、おかげさまで」

「ほんとうに、今日は顔色がよさそうね」

ギルバートは、ノエルとルシアンが仲たがいをしたので、しばらく冷却期間を置くことになったのだと両親に説明していた。そしてノエルがどんなにルシアンのもとに帰りたいと言っても、止めるように指示していた。

それを察して男爵夫妻もノエルに詳細を尋ねてくることはなく、こんな状況ではあったがノエルは彼らの気遣いに深く感謝するのだった。

あの日から一週間が経つが——ノエルはルシアンのことが気になって、夜もろくに眠れず憔悴《しょうすい》しきっていた。

彼がこの屋敷を捜し当ててくれるのではないかと期待もしたが、いまだに迎えはない。ここからロンドンに戻るためには馬車に乗る必要があり、所持金もないいまはどうしようもないのだった。

——ああ、ルシアン、いまごろどうしているの。身体はだいじょうぶなのかしら。

ただでさえ前日に倒れていたのに、体格のよいギルバートに思いきり殴られたとあっては心配でたまらなかった。

なんとかギルバートを説得して、タウンハウスに帰りたい。

そう思っているのだが、ギルバートはノエルの精神状態がまともではないと疑っていて、とりつくしまもなかった。

いくらルシアンの事情を説明しようとしても、「いまは休みなさい。そのうちに目も覚める」の一点張りで、目を合わせるのもつらそうにすぐ立ち去ってしまうのだった。

——そうよね。軽蔑されても当然だわ……あんなところを見られてしまったのだもの。

縛られ、目隠しをされたうえ、背後から貫かれているところを見られながら感じきって、昇りつめてしまったのだ。

そんな淫蕩《いんとう》な娘を、誰がまともだと思うだろう。時代が時代なら火あぶり、あるいは一生地下牢に監禁されてもおかしくない。

そう思えば、自分がどれほどいとこを裏切り落胆させてしまったのかと申しわけない気持ちでいっぱいになり、消え入りたくなる。

だからギルバートと話をするためにも、また、なにも言わずに自分を置いてくれている叔父夫婦に迷惑をかけないためにも——ここで落ちついた暮らしをつづけ、事情を話せる機会をじっと待つしかないと悟っていた。

朝食を終えると、ノエルは毎朝庭で薔薇の手入れをする叔母の手伝いをした。

ランチェスターの城館では花の世話などはすべて園丁の仕事だったが、ここでは男爵夫人みずからが楽しんで庭仕事を行っているのだった。

「ノエル、ずっと家にこもっていても退屈でしょう。あとで街へ出てみましょうか。若い人向けのドレスも必要でしょうし」

ギルバートの母、ダウニング男爵夫人は素朴な優しさのある女性だ。

ふっくらとした頬が優しげで、社交界に多いご婦人がたのようにとり澄ましたところがない、穏やかで家庭的な人だった。

「ですけど、よろしいのですか」

「だいぶ元気になってきたようだし、すこしは気分転換をしたほうがいいでしょう。ねえギルバート？」

ちょうど庭のポーチにたたずんでお茶を飲んでいたいとこは、男爵夫人の呼びかけに厳しく眉をひそめる。

隣にたたずむノエルをじっと見つめ、やがて溜め息をついて立ちあがった。

「かまいませんよ、母上。ですがその前に彼女と話があります。……ノエル、一緒にきてくれないか」

「は、はい」

そう言われて彼の部屋に呼ばれ、ノエルはギルバートとふたりきりになった。

「……すこしは気持ちも落ちついたようだね」

「はい。ご心配をおかけして、本当にごめんなさい」

ノエルがうなだれると、ギルバートは苦い表情になってつぶやいた。

「いまでも私は、きみがあの男のもとに戻るのを認めたくない。だが冷静になったきみの言い分も聞かなければ、フェアではないと思い直した。それに、きみに頼まれて彼の頭痛のことも調べてあったからね……あの日はそれを伝えるつもりだったんだ」

「お兄さま」

「まずはきみの口から、説明してくれ」

いとこにうながされ、頷いたノエルはすべてを語った。

ルシアンの豹変から、彼が頭痛に悩んでいること、どうやらときどき記憶が飛んでしまっていること。そして、秘密の部屋に隠されていた侯爵の日記のことも。

「……ならばあのとき、私が見たランチェスター伯は彼の真の姿ではないというのか？」

「信じられないかもしれませんけど、そう思います。ですからあのときの記憶は、ふだんのルシアンの心からはうしなわれていると思うんです。でなければ、いまごろはここに来ていてもおかしくありませんから……」

ギルバートはひどく真摯な顔になり、しばらく考えこんでから口をひらいた。

「非常にまれなことだが、医学的に彼のような症例がまったくないわけではないんだ。ノエル、ランチェスター伯は二重人格者の可能性がある」

「二重人格……？」

「そうだ。もちろん専門医による診断が必要だが、きみの話を聞いているとそう思わざるをえない。なんらかの理由で、まったく本来の性格とちがう人間になってしまうんだ。人格が入れ替わっているあいだの記憶がうしなわれていることも多いらしい」

ギルバートの話を聞いているうちに、ノエルもしだいに確信を抱くようになった。

ちがう性格への豹変、うしなわれてしまう記憶――これまで彼に感じていた違和感やつじつまの合わない会話も、そう考えれば納得がいく。

「そうだわ……彼が変わってしまうのは、いつもめまいや頭痛におそわれたあとだったような気がします」

「それが、人格交代のスイッチなんだろう。そしておそらく、もともとそうした傾向は生まれつき彼のなかにあったはずだ。きみの話からすると、どうやらその侯爵とやらに出会ったショックによって、なにかの抑圧が高まったんじゃないだろうか。そして最終的な引き金が、昨年の落馬事故だったと考えれば」

いとこの説明に、ノエルは息をのむようにして聞き入る。

「やっぱり、落馬事故も原因のひとつだったんですね」

「僕は心理学や脳外科の専門ではないんだよ、ノエル。いま話していることだって推測にすぎない。伯爵にどこまで当てはまるかどうか……。ただ心身双方に大きなショックを受けた患者が、まるで別人のようになってしまう話はよく聞く」

「ああ、ルシアン」

涙ぐむノエルに、ギルバートは気まずそうに付け足した。

「……黙っていたが、きみを保護した翌日、伯爵は私を訪ねて病院にやってきたんだ。話などしたくもないと、すぐに追い返してしまったが」

「えっ」

「断片的に、私が関与している記憶くらいは残っていたらしい。いま思えば、なぜきみと引き離されたのか理解できずにいたんだろう、ひどくつらそうな顔をしていたよ……彼にとっても記憶の欠如は大きな恐怖のはずだ」

ルシアンが直面している状況を知り、ノエルの胸がざわざわと乱れた。いてもたってもいられなくなり、いとこに懇願する。

「そんな――お願いです、いますぐタウンハウスに帰してください！」

「だめだ、それはできない」

「どうしてですか、お兄さま。私、ルシアンに頼んで病院に行ってもらいます。きちんと検査を受けてもらいますから」

「あの彼が言うことをきくか怪しいものだ。とにかく理由はどうあれ、きみひとりでは安心して伯爵に会わせることなどできない。一度、病院に来てもらうように私から手紙を出そう」

「本当ですか……お兄さま、その二重人格というものは、治るんでしょうか」

「私は専門医ではないと言ったろう。おそらく人によるとしか言いようがないが……仮に心理的な要因が大きいなら、本来の統合した人格がいちばんいいと、本人がしっかり納得できるような理由がいるだろうな」

　青ざめてうつむくノエルを痛々しく見つめながら、ギルバートはぽつりと言った。

「それほど伯爵のことが大事かい？　あんなひどい仕打ちを受けたというのに」

「お兄さまには、きっと忌まわしいことのように見えたと思います。でも、私は……私たちは……ああしたかたちでしか信頼を確かめあえない、そんな気がするんです」

　あの日、書斎で起きた出来事を思い起こしながら、ノエルはつぶやいた。

　狂おしく身体を繋ぎ、快楽に悶えるさなか——あのとき、ノエルははじめてルシアンと向きあえたような気がしてならなかった。

　意識の奥底に潜む欲望をさらけ出し、ただ一途に愛する人を求めることで、彼の心にあとすこしで触れられると思ったのだ。

「ノエル……」

「失望させてしまってごめんなさい。でも、あれが……本当の私の姿なんですわ。そして、そんな私を受け入れて愛してくださるのは、ルシアンだけなんです」

　凪いだ湖畔を思わせる美しいまなざしで、ノエルは静かに答える。

「どうあっても、気持ちは変わらないのか」

「ええ、彼を愛しているんです。お兄さまは笑うかもしれませんけど、私にとってルシアンは騎士《ナイト》なの。昔から何度も、彼に助けられたわ……だから、今度は私が苦しんでいるあの人を救いたいの。なにがあってもそばにいたい」

「そうか──きみの気持ちはよくわかった」

　なにかを思いきるように、ギルバートは頷いた。

「検査のほうは、明日にでも手配する。ランチェスター伯にも手紙を書くから、きみは手はずがととのうまで、もうすこしここで静養していたまえ。わかったね──さあ、これで話は終わりだ。母上と出かけておいで」

「ありがとう、お兄さま……本当にありがとうございます」

ノエルは心からの感謝をこめて、いとこを抱擁した。そうして男爵夫人に声をかけるために、部屋を出て行った。

◆◇◆

ひとりその場に残されたギルバート・ダウニングは、深い溜め息をつくとソファに身を沈めた。

おっとりと愛らしかったいとこの少女は、いつのまにかひどく大人びた表情をするようになっていた。

「……きみはもう、ずいぶん遠くに行ってしまったんだな」

貴族の家柄にくわえ、文武にすぐれ容姿も性格も申しぶんないギルバートは昔から女性たちにもてはやされた。

これまで真面目につきあった恋人も何人かいたし、いずれは身を固めて結婚し、きちんと世継ぎをつくろうとも考えている。

だからランチェスター伯と婚約したノエルのことを妹のように思いこそすれ、よからぬ感情などけして抱いていないと思っていた。

しかしあの日――婚約者に激しく抱かれている彼女の姿を見せつけられた瞬間、それは嘘だったのだと気づかされた。

目隠しをされてむせび泣く清廉な顔は、淫らな恍惚に彩られていた。真珠色をおびて濡れたようにぬめる乳房、誘うようにうねる腰つきに、全身の血が沸騰した。

背後から貫かれ、いいの、いいの…、と快楽に溺れ喘ぐノエルから目が離せなかった。激昂しながらギルバートもまた、激しく彼女に欲情していたのだ。

そんな心を見透かすように伯爵は勝ち誇り、見せつけるようにノエルのなかに子種まで放った。ふたりの歓びに満ちた顔は、けして演技ではなかった。

「ああ……ノエル」

腕のなかにはまだ、さっきまでそばにいた彼女のぬくもりが残っている。

淫猥な光景を思い出したせいでふたたび身体が高ぶり、ギルバートはトラウザーズから勃起した男根を引き出すと、激しく刺激した。

悩ましくのたうつ白い裸体が、頭の中からどうしても消えてくれない。

自分でも信じられないことだったが、抑えきれない劣情に、彼女を連れ帰った夜から幾度となくこうして自分を慰めていたのだ。これほどの性的興奮を覚えたことなど一度もなかったのに。

あんなにも可憐でありながら、退廃的な官能を秘めているノエルに伯爵が執着するのも無理はない――そう、身をもって理解せざるをえなかった。

『お望みなら一緒に愉しんでみるか？』

それが残酷なからかいの言葉だとわかっていてもなお、あのとき伯爵の淫猥な誘いに心はぎりぎりまで追いつめられていた。

あと一歩のところで踏みとどまれたのは、最後の一線を越えて深淵に飛びこむ勇気がなかったからだ。でなければ彼もまた理性をかなぐり捨て、みずみずしい肢体にむしゃぶりついていた。

そんな欲望を見透かしていたからこそ、伯爵はその気もないのにあんな言葉でギルバートを弄んだのだろう。

しかし――。

伯爵の倒錯的な仕打ちに激昂してノエルを連れ帰ってきたものの、ギルバートには彼女を奪うことができなかった。

ノエルは伯爵を真剣に愛している。こんな状況で無理強いすれば、今度こそ彼女の心が壊れてしまうだろう。

ギルバートは、おのれの男としての平凡さを自覚していた。

さっきあらためてノエルと話したことで、よくわかった。自分には彼女を幸せにすることはできない。

そう、ノエルを満たしてやれるのは、ルシアン・ランチェスターだけなのだ。

近い将来、ギルバートもまた妻をめとり、子を成す日がやってくるにちがいない。

しかしあの日——肌を薔薇色に染め、恍惚と喘ぐノエルの姿は美しい淫画のように彼の心に焼きついて、これからもずっと忘れられないだろう。

だがその思いを、こうして彼女を慰みにしている劣情を、生涯表に出すつもりはなかった。ギルバートにできるのは、いとことして彼女が幸せになるように手助けしてやることだけなのだ。

『ありがとう、お兄さま……』

「ノエル、許してくれ……ああ、僕はきみを——」

手のうちの肉棒がどくどくと疼いて、息を荒らげる。

美しい黄金の小鳥ははばたき、二度と手の届かない空へと飛び立った。

『あれが本当の私の姿なんですわ』

背徳の欲望を認める解放感を、すでにギルバートは知ってしまった。

それが秘められ禁じられるべきものであればあるほど快感はふくれあがり、後戻りできないほど身も心も満たしていく——そう、生まれてはじめて理解した。

そしてこの先、美しい新郎新婦が繰り広げるであろう淫らな初夜の宴に思いを馳せながら、せつなくも甘美な快楽の頂へと身をゆだねた。

◆◇◆

「……すみません、いろいろお世話になってしまって。タウンハウスにはもうすぐ戻りますから」

ロンドンに向かう馬車のなかで、ノエルは申しわけなさそうに口をひらいた。

「いいのよ。マリッジブルーといって、結婚前はなにかと気持ちも不安になるものよ。あなたさえよければ、しばらくうちでゆっくりしてらっしゃい」

「ありがとうございます、おばさま」

ものやわらかな夫人の言葉に、ノエルは胸をつかれた。ふと、遠方に暮らす母が結婚式を楽しみにしていたのを思い出して、涙ぐみそうになる。

父が財産をうしない失踪してからというもの、母はすっかり虚弱になってしまった。ノエルやルシアンにも、ごめんなさいねと謝るばかりで――ルシアンがどんたにランチェスター家の所領に招こうとしても、そんな資格はありませんとかたくなに固辞してきた。

その気持ちがようやく和らいできたように思えたのは、ノエルが女学院を出てルシアンと暮らしはじめてからだ。

ノエルはランチェスターの城館の素晴らしさや、所領地の自然などを事細かに書きしるし、こまめに手紙を送りつづけていた。せめて結婚式だけでも見て欲しいのだと願いつづけたせいで、母の気持ちはようやく動きつつある。

――それに……そう、ルシアンもお母さまのこと、とても大事に思ってくれて……。

ルシアンが母に定期的に贈り物を届け、毎回熱意ある招待の手紙を添えてくれている――それを知ったのは、執事のヘイワードがそっと教えてくれたからだ。

『お母上をはやくに亡くされた旦那さまは、せめてノエルさまの母君にはせいいっぱい親孝行をなさりたいのだと、常々おっしゃっております』

そんな優しい彼が、二重人格者だっただなんて――。

車窓の風景を眺めながら、ノエルは婚約者の顔を思い浮かべる。とたんにぎゅっと胸が絞られるように痛み、唇を引き結んだ。

――ルシアン……やっぱり、あなたに会いたい。

さっきギルバートと話した内容を胸のうちでくり返しなぞるうちに、ふとある出来事を思い出した。

それは、ランチェスターの城館でお披露目会がひらかれた夜のことだ。テラスで酔ったデレク・ランサムにからまれたノエルは、ルシアンに助けられた。

乗馬鞭でデレクを絞めあげるルシアンのようすに不安をおぼえ、ノエルは必死でやめるように懇願したのだが——。

——そう……あのとき私には、彼が『やめろ』とつぶやいたように見えたのだわ。すっかり忘れてしまっていたけれど、もしあれが見まちがいではないなら……。

いまならわかる。緑の瞳を怒りに燃えあがらせ、冷酷な声でデレクを糾弾したルシアンは、もうひとりの彼だったのだ。

ならばそれを止めようとしたのは、ノエルの知るいつものルシアンの本心だったのではないだろうか。

——きっとルシアンも本当は気づいているんだわ、もうひとりの自分に。でも、それを認められなくて苦しんでいるのかもしれない。

ルシアンのなかにもうひとりの彼がいるのだとしたら、いったいいつごろからだろう。

記憶をどんどんさかのぼって考えてみるが、さすがに自分が幼かったときのことははっきり思い出せない。

いちばん鮮明な思い出は、伯爵家から婚約の申し込みが届いたときと……そう、森で見知らぬ下僕に襲われかけたとき、ルシアンに助けてもらったことだ。

――あ……そういえば、あのとき……。

腕から血を流しながらも勇敢に闘い、きみが無事でよかったと安堵した彼の姿。ノエルが初恋をはっきりと意識したのはあの瞬間だった。

凛とした輝きに燃えたつようだった緑の瞳と、かぎりなく優しい微笑み。

ノエルが恋に落ちたのは、いったいどちらのルシアンだったのだろう――。

答えの出ぬまま、いつしか馬車はロンドン市街にさしかかった。

久しぶりに街に戻ってきたノエルはダウニング夫人とともに服飾店をまわり、安価だが着やすそうなデイドレスを見つくろう。

「ええ、これにしましょう。これがいいわ」

「あの、お代はタウンハウスに戻ってから、あらためてきちんとお渡ししますので」

「まあ、いいのよ。そんなことは気にしないで。私から花嫁さんへの贈り物として受け取ってちょうだいな」

「おばさま……」

「あなたは涙もろいわねえ。さあ、どこかでお茶でもいただきましょうか」

「は、はい。ありがとうございます。ずっと大事に着ます」

夫人に感謝して、ノエルは微笑んだ。

彼女に心配をかけないためにも、なるべく元気にふるまうよう心がける。

ともすればルシアンの住むタウンハウスのことが思い起こされ、身を斬られるような痛みを覚えたが――夫人の言うとおり、活気あふれる街の空気に心を慰められた。

「つぎはあちらの百貨店にも行ってみましょう。目の保養になるわ」

ずいぶん前に娘たちを嫁がせてしまった夫人も、久しぶりのこうした外出が楽しいらしく、ノエルを連れ歩いてくれる。

しかし、王室御用達の高級百貨店を見てまわっているときのこと――。

覚えのある上品な香りに、ノエルははっと足をとめた。

――この香り、あのかたの……！

女王陛下に拝謁した日、そして舞台観劇の夜にすれちがい、ブラックバーン家の馬車に乗って去って行った黒衣の貴婦人。

彼女こそ、侯爵の日記に記されたFという女性かもしれないのだ。

懸命にあたりを見まわせば、宝飾品売り場にそれらしき姿を認める。上品な深緑のドレスをまとう、ほっそりした長身の背格好が記憶と重なった。

「おばさま、知っているかたがいらしたので、ご挨拶してきてもよろしいですか」

「ええ、もちろんよ」

承諾をもらったノエルは、緊張しながら貴婦人のもとに近づいた。

「……あのっ」

ふり返った女性は、息をのむほど美しかった。

黒いレース帽子の下に波うつ、艶《つや》やかな黒髪。青褪《あおざ》めて見えるほど白い肌に、深紅の口紅――麗人、という言葉がこれほど似合う人はいないように思われた。

「……どちらさまかしら。愛らしいお嬢さん」

「ノエル・レディントンと申します。お声をかける非礼、どうかお許しください。もしやブラックバーン家ゆかりのかたではございませんか」

そう告げると、貴婦人の黒曜石のような瞳が軽く見ひらかれた。

「わたくしになにかご用ですの、ミス・レディントン？」

思ってもいなかった出逢いに、心臓がどきどきと脈うつ。この機会を逃したら、ルシアンの秘密を知ることは二度とできないかもしれない。

「ぶしつけなお願いなのは重々承知しております。ですけど、すこしだけでもお話を聞いていただけませんか。婚約者の……ルシアンのようすがおかしくて、心配なのです」

向こうのほうでショールを見ている男爵夫人を気にしながら、ノエルは早口で囁いた。

「あのひとはずっと苦しんでいます。なのにいま、そばにいてあげられなくて……侯爵さまとルシアンと、おふたりのあいだになにがあったのか、ご存じでしたら教えてください。私、どうしても彼を助けたいんです」

貴婦人はすっと瞳を細めた。酷薄とも憐れみともとれる深いまなざしが、ノエルをじっと見つめる。

「ひとつだけ質問させていただくわ――ルシアンさまがあなたにそのことを教えたの?」

「いいえ。お恥ずかしい話ですが、私が侯爵さまの日記を勝手に拝見しました。そして、あなたがFと呼ばれていたかたではないかと思ったのです」

他人の日記を読むことなど、見下げた行為だ。軽蔑されてもしかたがない。そう覚悟をしながらも、ノエルはルシアンを救いたい一心で貴婦人を見あげた。

「……面白そうなかたね、ミス・レディントン。あなたがなぜわたくしに気づいたのか、その聡明さに心をひかれましたわ。わたくしと一緒においでになる?」

「よろしいのですか」

「この近くに別宅がありますの。そこでならゆっくりお話ができるでしょう。ただし、あらかじめ言っておくと、わたくしの口からすべてを語ることはできないわ。それがお嫌なら、諦めることね」

どこまで話してくれるかはわからないけれど、住まいにまで招いてくれている、こんな機会をふいにするわけにはいかない。

けれど、付き添いのダウニング夫人をどうやって説き伏せればいいのか――。

「どうしたの、ノエル?」

答えの出ぬまま立ち尽くしていると夫人がやってきて、ノエルは追いつめられた。

「あの、おばさま」

「――はじめまして。フランチェスカ・ロジエと申します。ノエルさんとは妹がクラウドベリーの女学院でとても仲良くしてもらっておりましたの」

貴婦人が流暢にそう切り出したので、ノエルは内心ひどく驚いた。

ルシアンから聞いたのだろうか、彼女は自分の素性をよく知っているようだ。となると先ほど名を聞いてきたのは、わざとだったのだろうか。

「ノエルさんが婚礼前にロンドンに来ておられるのも、なにかのご縁。ここからそう遠くはありませんし、ぜひ我が家のサロンにとお願いしておりましたの……妹もさぞ喜ぶことでしょう」

「まあ、それは奇遇ですことねえ」

「い、いいでしょうか、おばさま。私もぜひ……会いたいの」

「どうかご心配なさらず。お帰りは当家が責任を持ってお送りいたしますから」

フランチェスカと名乗った貴婦人は、どこから見ても教養ある良家の若奥方にしか見えなかった。おかげで男爵夫人もその言葉に疑いを持つことはなかったようだ。

「わかりました。ただし、帰りはまっすぐお送りくださいますよう。かならず、それだけはお願いいたします。ノエル、あなたもわかっているわね」

ルシアンのタウンハウスにはけして戻らないように念を押すと、夫人は行ってらっしゃいと頷いてくれた。むしろマリッジブルーの姪に同情してくれていたのだろう。

深々と頭を下げて、ノエルは貴婦人とともに百貨店を出た。

――ありがとうございます。そしてごめんなさい、おばさま。私、どうしてもルシアンのことが知りたくて……いいえ、知らなければならないんです。

馬車寄せには、観劇の夜にノエルが見た馬車が停まっていた。

「どうぞ。お乗りなさい」

コクリ、と小さく頷いて、ノエルが馬車に乗りこむと――Bがふたつ重なる家紋の入った扉が、うやうやしく閉められた。

案内されたのは、テムズ川の流れを見下ろす、落ちついた建物だった。

もちろんルシアンのタウンハウスほど大きくはないが、女性がひとりで暮らすにはじゅうぶんな広さである。

「……侯爵さまがお亡くなりになったあと、お城は遠縁の相続人のものになりましたの。ここは、侯爵さまがわたくしに残してくださった住まいですわ」

お茶を入れてくれた若いメイドの手をそっと撫でて、フランチェスカはそう言った。

「この子も、もとは侯爵さまのお城にいたのよ。ルシアンさまのタウンハウスで働いている子たちも……お城を手放す際に、ルシアンさまが引き取ってくださったわ」

「そうだったのですか」

タウンハウスの年若い使用人たちが、かつてあの侯爵のもとで働いていたのだとしたら、ルシアンとノエルがふけっていた行為を知りつつ、見て見ぬふりをするのに慣れていたのも頷ける。

「ではまず、可愛い探偵さんのお話から聞かせてもらえるかしら？」

白磁のティカップを美しい口もとに運びながら、フランチェスカはそうつぶやく。

　こうして――ルシアンの豹変からはじまり、彼がひどい頭痛に苦しんでいること、彼が口にしたブラックバーンという名前を手がかりに侯爵の日記を見つけたことなどを、ノエルは語った。

「あなたのことを知ったのは、偶然だったんです。女王陛下に拝謁に行った日、宮殿の馬車寄せで、なんて素敵な香りの香水をつけていらっしゃるおかたかしらと思いました」

「素晴らしいわ……これもなにかの運命ということかしらね」

　フランチェスカは愉しげに微笑んだ。

「あの香水はもうつくられていないものなのよ。昔、侯爵さまとベネチアを訪れたときに、小さな工房で買ったものなの」

「その香りに惹かれてお姿を追ったら馬車の家紋が目に入って、それを憶えていたんです。まさか侯爵さまの家紋だったなんて……」

「そう……わたくし、いつも社交場であなたとルシアンさまを見守っておりましたのよ。侯爵さまが後継者と見込まれたかたと、その奥方になられるかたですもの」

「では、やはり日記に書かれていたLというのは、ルシアンのことだったんですね」

　ばらばらだったピースが、しだいに集められてひとつの絵を織りなしていく。こくりと喉を鳴らし、ノエルは言いつのった。

「お願いです、教えてください。彼は私を守りたくて侯爵さまのところへ行った、と言っていました。いったいお城でなにがあったんですか」

「ええ。さっきも言ったとおり、わたくしの話せる範囲でもよろしければ、お教えするわ——どこからお話ししたらいいかしらね」

黒髪の貴婦人は、逡巡するように優美な眉をかすかに寄せた。

「あなたにすくなからずショックを与えることもあるかと思うけれど、覚悟はできているかしら」

「はい。ルシアンのためならどんなことでも耐えられますし、受け入れるつもりです」

一途なノエルの瞳を見つめ、フランチェスカは頷いた。

「ルシアンさまが侯爵さまのもとを訪れた理由は、彼の言ったとおり、あなたを救うためよ。侯爵さまのことは、日記を読んだならもうおわかりね？　かつてはわたくしも、あのおかたに拾われたわ。それからは、保護してやれそうな子たちを探すのが仕事になったの……身寄りをなくした子や、貧しくて親から売られそうになっている子——それに、家が没落した良家の子女もね」

その言葉に、ノエルのみぞおちが冷たくなった。

「あの……それはまさか、私のことも……？」

「ええ。驚いたでしょうけれど、聞いてちょうだい。もともと侯爵さまは、ずっと前からあなたのことをご存じだったのよ。というより、魅入られて執着していたといってもいいわ……たぶんあなたが十三か十四のころに、どこかで見かけておられたのね」

『彼女は千人にひとりの特別な娘だ。いずれ成長すれば誰よりも美しく淫らな官能の花を咲かせる……おまえと同類なのだよ、愛しいフラン。彼女の無垢なる誘惑の前には、大主教ですら戒律を破ってひざまずくだろう』

そう侯爵は、日ごろからフランチェスカに語っていたのだという。

「けれど調べてみると、あなたはすでにランチェスター家の嫡男……つまりルシアンさまと婚約されていた。両家のお父上もご健在とあって、さすがの侯爵さまも一度はあなたを諦めようとしたわ」

しかし——その運命をふたたび変えたのは、レディントン家の没落だった。

ノエルの父親が事業に失敗し、失踪したことを知った侯爵は、今度こそ彼女を引き取ろうとした。ちょうど当時のルシアンはランチェスター家を継いだばかりだったこともあり、これを絶好の機会ととらえて彼に手紙を書いたのだ。

「ブラックバーン家の総資産は、ランチェスター家のそれにも劣らぬもの。だから侯爵さまは、ルシアンさまがあなたとの婚約を諦めて身を引くなら、莫大なお金を寄贈すると話をもちかけたの。けれど手紙を読んだルシアンさまは激怒なさったわ。そして直接、侯爵さまのお城に乗りこんでこられたのよ」

――そんな……そんなこと、ルシアンは一言だって……。

呆然とするノエルのかたわらで、フランチェスカは話をつづけた。

古城で侯爵と対面したルシアンは、いったいどういうつもりなのかと侯爵を厳しく問い詰めた。

いくら金を積まれようと、けして彼女は渡さない。親子以上に年の離れた令嬢にこんな真似をして恥ずかしくないのか、二度と近づかないでくれ――そう激しい口調で告げた。

しかし侯爵もまた、退《ひ》くつもりはなかった。

ノエルには特別な資質があり、それは並の男では満たしてやれないものだ。ましてやルシアンのように温室育ちの生まじめな青年には、とても無理だろうと説いた。

「はじめは侯爵さまも鷹揚にかまえていたの。自分の権力や財力を知れば、いずれルシアンさまが退いてくださるだろうとね。けれど話し合いをつづけるうちに、あのかたがルシアンさまを見る目は変わっていったわ……彼にもまた資質がある、と気づいたからよ」

「それで侯爵さまは、あの場所にルシアンを招待したんですね」

秘密のサロンで繰り広げられていた、淫らな饗宴《きょうえん》。日記の記載を思い出したノエルは、ドレスの上に置かれた手のひらを無意識に握りしめる。

「ええ。目の前の若者に秘められた、思いがけない欲望の深さと抑圧……『彼には特殊なよじれがある、我が後継者にふさわしいものが』とおっしゃって、侯爵さまはとても嬉しそうだったわ」

懐かしむような瞳をして、フランチェスカは淡く微笑む。

おそらくその時点で、侯爵はルシアンの心の奥底にあるなにかに気づいていたのだろう。

「……いまの私にもそれがどういうことなのか、わかるような気がします。あの、おかしなことをうかがいますけれど、彼はそのとき急に頭痛やめまいのような症状を起こしませんでしたか。口調や態度が別人のように変わったりは……」

「いいえ。わたくしの憶えているかぎりではなかったと思うわ。結局、あまりの光景に絶句して、ルシアンさまは帰られた。『彼女に手を出したら侯爵、あなたを殺してやる』と言い残して」

いかにもルシアンらしい反応だと納得しかけたものの、謎はまだ残っている。

「ですけど日記では去年の秋に突然、ルシアンのほうからもう一度侯爵さまを訪ねてきたとありました。それからしばらくのあいだ、彼はお城に通っていたはずですわ」

「そうね。けれど——あとは、わたくしの口からは申しあげられないわ。そこから先はルシアンさまに直接うかがうことね」

「そう……ですか」

もちろんルシアンを信じたい気持ちでいっぱいだったが、侯爵とともに本当はなにをしていたのか、つい不吉な方向に物事を考えてしまいそうになる。

「悪いとは思うけれど、わたくしにもうまく説明する自信がないの。そのせいであなたに誤解を与えたくはないわ」

「あ……いいえ、いろいろお話ししてくださって本当に感謝しています」

「安心なさい。あのお城で、ルシアンさまはあなた以外の女性に——もちろん男性にもね——指一本触れたことはない。それだけは保証するわ」

小さく息をついて、それまで緊張していた身体の力を抜くように、ノエルは冷めたお茶をそっと啜った。

ルシアンが自分を守る、と言ってくれた言葉の裏に、こんなにも複雑な事情が隠されていたなんて。それを思うと胸が軋むように痛んで、せつなさにやるせなくなる。

「本当はあなたに声をかけられたとき、人ちがいのふりをしようかとも思いましたの。けれど、あなたがあまりにルシアンさまを一途に想っていらっしゃるのが伝わってきて……それで、どうしてもお話ししてみたくなったのよ。他になにか、お聞きになりたいことはあるかしら」

「よくわからないんです。侯爵さまがそこまで私を気に入ってくださった理由が……」

「ああ、それなら答えてあげられてよ」

艶然と微笑んだフランチェスカは、ノエルのすぐ隣に座りなおした。そっと頬を撫でたかと思うと、いきなりくちづけてくる。

温かい舌先にちろりと唇のあわいをなぞられ、ぞくっと背筋がふるえた。

「！　……な、なにを……なさるの、……ん……っ」

「可愛らしくてたまりませんわ。あなたのようなかたを、いじめていじめて、泣かせてしまいたくなってしまう――そう思っていても、気づけばこちらが虜になってしまうのね」

クチュ、と粘ついた音とともに、フランチェスカは舌をすべりこませてくる。ねっとりと口内を捏ねまわされて、ノエルの身体が妖しく疼きだす。

「あなたは気づかなかったでしょうけれど、侯爵さまもときおりあの避暑地にお出かけになっていたのよ。あなた、そこの庭園の泉水で遊ぶのが大好きだったのでしょう？　気をつけなければね……他にもあなたを見ていた男たちはいたそうだから」

「ん……は……、おやめに…なって……」

「すこしだけよ。すこしだけ愉しませて……訊かれたことには答えてあげたわ。それに侯爵さまがあなたに執着した理由を知りたくはないの？」

「で、でも、こんな……いけませんわ」

ほっそりとした優雅な指が、やわりと胸元を撫で上げる。心地よい香水の香りとともに、ツンと痺れるような快楽の予兆が下肢をとろりと濡らした。

「気持ちのいいことが大好きなのでしょう？　ルシアンさまに貫かれて、たまらなく感じてしまって……恥ずかしいことを見られれば見られるほど、身体が火照って興奮してしまうのではなくて？　こんなふうに」

「な、なぜ……そんなことが……あっ……おわかりなの……？」

とまどいながらも、言い当てられたノエルは驚いてしまう。

「同族には同族がわかるものよ。あなたほど美しく……そして淫らで悩ましいかたと出会えるなんて、たまらなくそそられる。侯爵さまが執着なさったのもよくわかるわ」

とろとろとくちづけられながら、気がつけばノエルの下肢に伸びたフランチェスカの指は、ドロワーズの上から彼女の花びらをさすっていた。

「あ……いけませんわ……わたし……」

「わたくしたちは女同士よ。子種もないのだし、男女の浮気とはまったく意味がちがうわ。わたくしがあなたに女だけの歓びをたっぷり教えてあげてよ」

触れられたところから甘い快感がとろとろとあふれてきて、ノエルはうろたえる。ルシアンのことを教えてくれた恩人でもあるだけに、無下に突き放すのはためらわれた。

——あ……だめ、なのに……こんな……こと……。

ルシアンと離れてギルバートの屋敷に身を寄せていたノエルは、とてもひとりで身体を慰める心境にはなれなかった。それだけに久しぶりにかき鳴らされた官能のしらべは鮮烈で、以前よりずっと感度が増しているように思えた。

「ふふ、とても敏感なのね。思ったとおりだわ」

フランチェスカの優しい声には催眠のような効果があって、ひどく心が安らいだ。彼女のことを嫌いになれない。むしろずっと寄り添い甘えていたくなってしまうような誘惑を秘めた女性だった。

逞しい殿方との性愛とはまったくちがう、ふんわりとした甘美な疼きにうっとりしそうになる。

けれど本当の自分をさらけ出し、身をまかせられるのはルシアンだけ——と、ノエルは懸命に声を殺して耐えようとする。

「は……ぅっ」

ぷくりと凝った花芽を探りあてた指が、小刻みに淫靡な振動を伝えてくる。

耳朶や唇をぬめぬめと舌先で愛撫されていくうちに、ノエルの頬は薔薇色に染まり、瞳がとろんと潤んでいた。

「ほうら、どんどん濡れてきた……すごいわ……。こうしてくちゅくちゅするの、好きなのでしょう。ルシアンにされるだけでなく、自分でもしてしまうのね。いやらしい子」

「ん、ちがい、ます……あ――ぁっ」

ドロワーズのなかに入ってきた指先に、凝った突起をきゅっとつままれ、ノエルはびくんと背をそらした。

淫芽を覆った包皮のあたりを、くりくりと優しく撫でさすられる。

ルシアンにされるねっとりと濃厚な愛撫とはまたちがうところが新鮮で、優しく羽で撫でられるような淫靡な心地よさに腰がとろけそうだった。

しかし快感が高まりそうになるとフランチェスカは指を離してしまって、今度は蜜口のあたりをやわらかく捏ねまわす。

「可愛いわ……あなたのここ……吸いつきながら嬉しそうに呑みこんでいくわよ」

「あ、ふ……っ」

ぬぷぬぷとやわらかく指を抜き差しされながら、淫核の裏側のあたりをくにくにと押しまわされれば、声も出ないほどの愉悦があふれてくる。まるで淫らな魔法を紡ぐように、甘くせつない歓びが身体をふるわせた。

「だめ、です……そこ……あ、やぁあ……っ」

「さあ、正直に言ってごらんなさい。いつも自分でもしているのね？　言わないともっといじめてしまうわよ」

「し……しました……ルシアンがいないとき……恥ずかしいのに……いっぱい気持ち……よくて……」

「ひとりでいやらしい紅玉《ルビー》をくりくりしているのね。ここも、さわっているのでしょう」

ドレスの上から乳首をつままれ、ひあ、と声がうわずる。

「しています……だ、だから……もう、許してください……これ以上は……っ」

「ふふ、いい子ね。さあ、ご褒美をあげるわ」

繊細な指先が、媚壁のもっとも感じる一点を執拗にいじり、ぐにぐにと捏ねてくる。ノエルはとうとう自分から腰を揺らしてしまう。

「あっ、や、ぁ、あっ……あ、あっ」

「いいのよ、それでいいの……」

ああ、ああ…、と恍惚の喘ぎがとまらない。熟れきった花芯は、もうぐしょぐしょになっていた。

「侯爵さまがあなたを見初めたのは、特別な魅力があるからよ。多くのそうした資質を持った子たちを迎え、育ててきたわたくしにもわかるわ。はじめて見たときから……ね」

しだいに指の動きがはやまり、お腹の奥に渦巻く甘い疼きが、しだいに大きなうねりとなってこみあげてくる。

「生まれ持っての魔性とでもいうのかしら……普通の人にはただの美しいお嬢さんにしか見えないかもしれない。けれど、わたくしたちのような嗜好《しこう》を持った人間から見れば、あなたは千人にひとりの素晴らしい宝石なの――あなたに魅入られた人たちはみな、心の奥底に潜む自分の淫らな嗜好を引きずり出されてしまうのよ」

「く……んん……っ」

花びらから滴る蜜が、会陰から後蕾までもぬらぬらと濡れ光らせる。女芯に人差し指と中指を埋めたまま、円を描くように小指で小さな窄まりを愛撫されて、ノエルは身悶えた。

「そして一度それに気づいたら、身を焦がすほどの情欲をもう抑えることはできない……どこまでもさらけ出された快楽とともに堕ちていきたくなってしまう。あなたの知らないところで、手の届かない宝石を思いながら欲情に身悶える人がたくさんいるはずだわ」

「あ、ああ……そ、んなこと……っ」

「ねえ、ルシアンさまとするのはどんな感じなのかしら。思い出してごらんなさい。どうされるのがいいの？」

淫芽、蜜壺、そして後蕾まで。あらゆるところを刺激しながら、淫靡な指先は絶頂の一歩手前で、とろとろとまろやかな快感をとめどなく送りつづけてくる。

終わりの見えない甘い責め苦に、ノエルはもう限界だった。

「う……うしろ……から……」

「獣のようにされるのが好きなのね。強く激しくされるのがいいの？」

「ん……いい……です……い、いっぱい……ずんずん、って——ああ、おねがいです……わたし、もう……っ、ああ、あっ、あ……ああ……！」

ルシアンに貫かれたときのことを思い出した瞬間、大きく腰が跳ねた。媚壁をこする指を、ひく、ひくんっと食い締めながら、じゅわりと蜜をあふれさせ——甘くねっとりとした快感の極みに昇りつめていく。

ふたたびフランチェスカが唇を重ねてきて、忘我の境をさ迷いながらノエルは恍惚と舌をからめあわせる。

ハニーゴールドの髪を何度も優しく撫でられるうちに、乱れた呼吸が鎮まっていく。ひどく心が穏やかになっていることに気づいた。

「ルシアンさまのことを思い出しながら達《い》ってしまったのね。残念だけれど、やはりあなたの心はあのかただけのもの……彼にしか許さないのね」

「あの、もしかして……私のことを慰めてくださったの……？」

あられもなく乱れたあとの気恥ずかしさを完全には隠しきれないまま、頬を染めながらおずおずと問う。

「フフ……本当に可愛らしいひと。このままずっとここにとじこめておきたいくらいだけれど、そんなことをしたらルシアンさまに殺されてしまうわね」

「私、やっぱりこれからルシアンのところに行きます。なぜ侯爵さまにもう一度会いに行ったのか、彼の口から直接、本当のことを聞きたいんです」

「そうね……それがいちばんだわ。叔母さまのお宅には、今夜当家に泊まると電報を打っておきましょう。いずればれるにしても、時間稼ぎは必要でしょうしね」

ノエルの快楽を堪能して満足したからなのか、あるいは他の理由からなのか——フランチェスカは謎めいた笑みを浮かべる。

そうして使用人が馬車を用意するまでのあいだに、奥の部屋からあの香水の入った瓶を持ってくると、ノエルに手渡した。

「あなたと出逢えたお礼に、差し上げるわ」

「いいえ、いただけませんわ。侯爵さまとの大事なお品ですのに」

「いまは、あなたにつけてほしい……それが私の願いなの。あなたとルシアンさまに出会えたおかげで、侯爵さまは最期のときまで嬉しそうにしておられた。受け継ぐ者たちがあらわれてくれたからよ。だからこれは、私からのあなたへの贈り物」

彼女と侯爵のあいだにも、おそらく長年のあいだに紡ぎあげた絆がある。そう気づいたノエルは、フランチェスカの好意をすなおに受け取ることにした。

「ありがとうございました。あの、フランチェスカさま……いつか、あなたと侯爵さまとのいろいろなお話も聞かせていただけますか？」

ノエルの言葉に、貴婦人は意外そうに目をみはる。それから――ええ、もちろん、と嬉しそうに笑った。

「あなたは自分の本当の姿を受け入れることができたのね。性愛の世界に……いいえ、人を愛することすべてにおいて、それはとても素晴らしいことなの。なにも恥じることはないわ……ルシアンさまとおしあわせに。そうなるようお祈りしていますわ」

やがて、馬車の用意ができましたと使用人が知らせてくる。

玄関の前でノエルの髪を撫で、フランチェスカはふと口をひらいた。

「憶えておいて……ルシアンさまがそこまで苦悩されたのは、あなたを深く愛しすぎたせいなのだと。もし彼と話してつらくなったら、それを思い出しなさい」

「あ……はい」

とまどうようにノエルはフランチェスカを見あげたが、それ以上はなにも言わずに、黒髪の貴婦人は彼女を送りだした。

――彼が苦悩したのは、私を愛しすぎたから……。

その言葉を何度も反芻しながら、ノエルは婚約者のもとに馬車を走らせた。

第五章　陶酔

　見慣れたタウンハウスの前で馬車を下りると、ノエルの胸はひりひりと痛んだ。

　すでに日は暮れかかっている。緊張する手で呼び鈴を押せば、ドアがひらいてメイドのメーナがあらわれた。

「ああ、ノエルさま！　ようございました。お戻りくださったんですね」

　彼女は、ギルバートによって連れ去られたノエルを本気で心配してくれていたようだった。そんな彼女の手を握りしめると、ノエルは不安を抑えて力づけるように頷く。

「もちろんよ、メーナ。家を離れてしまってごめんなさい。ルシアンはどうなさっているの？　体調は？」

「はい、いまは書斎におられます。お仕事はなさっていますが、ノエルさまがご不在のあいだに、ひどくおやつれになって……」

「ありがとう。しばらくふたりきりにしておいてね」

その言葉にいてもたってもいられず、ノエルは階段を駆けあがる。

息をきらし、最上階のプライベートルームの扉を静かにあけると、書斎机の向こうにルシアンが座っていた。

机の上には書類が広がっていたが、それを無視してぼんやりと窓の外を見つめている。

魂を抜かれたような虚ろな表情に、涙が滲んだ。

ひらきかけの扉をそっと叩いて室内に入ると、顔を上げたルシアンは信じられないといったように目を見ひらいた。

「ノエル……」

「ルシアン！」

駆け寄ったノエルを、ルシアンはしっかりと抱きしめる。

「幻ではないんだな。会いたかった……ずっときみのことばかり考えて、なにも手につかなかったんだ」

「私もよ。毎晩、あなたの夢ばかり見ていたの」

懐かしさと愛おしさがあふれ、ノエルはしばし彼のぬくもりのなかで涙を流した。

「身体の具合はどうなのですか？　お医者さまには？」

頬をぬぐいながら問うと、ルシアンはためらうように横を向く。

「体調ならもう問題ない。だがなにがどうなっているのか……よくわからないんだ。きみが急にいなくなってしまったのも、なにもかも――記憶が混乱して、集中して物事を考えるのさえつらい」

「だいじょうぶですわ、ルシアン。私がついていますもの」

「夢なのか現実なのか……わからないことばかりだ。憶えているのは、きみとなにか口論をして……それからダウニング氏がきみを連れていってしまったことだけだ。彼に会おうと勤務先の病院に行ったが、蔑むような態度で二度と来ないでくれと面会を断られた。私は……私はきみに……なにかひどいことをしてしまったのか……？」

緑の瞳が苦悩に揺れ、ルシアンは書斎机に手をついてうつむく。

かつてここで彼女を愛撫し、ギルバートの目の前で激しく抱いたことなど、なにひとつ憶えていないように。

「ルシアン、フランチェスカさまを憶えていらっしゃる？」

「……いや。聞き覚えがあるような気もするが、思い出せない」

「では侯爵さま――ブラックバーンさまのことは？」

「なぜ、きみがそれを」

　はっと息をのんで、ルシアンはノエルの肩をつかんだ。

「思い出した。フランチェスカというのは侯爵の愛人だ。あんなやつらのことをきみが知る必要はない。一生、我々とは縁のない人間だ」

「……あなたが私を侯爵さまから守ってくださったと聞いて、私、本当に嬉しかったの。だから、私にもあなたを助けるお手伝いをさせてください。お願い」

「そんなことまで、いったい誰から聞いたんだ。そういえば、いつか馬車に乗る彼女を見かけたと言っていたね。あの女のほうから近づいてきたのか」

「いいえ、近づいたのは私からですわ。偶然か運命のお導きかはわかりませんけど、あの香水の香りがもう一度フランチェスカさまに会わせてくれたんです」

　ノエルの言葉に、ルシアンの美貌が凍りつく。

「そんな……きみが……どうしてそんな真似をしたんだ」

「これからすべてお話しします。こちらに来て、ルシアン」

　書斎を出たノエルは、ルシアンの部屋に向かった。暖炉に置かれたウサギの置物の底から、鍵を取りだす。

　そうして廊下の突き当たりにある扉をあけた。

「いったい……。ここは古道具をしまう物入れだったはずだ。それがどうしてこんな部屋になっているんだ。なぜきみはそれを知っているんだ」

「ここにあるものは、あなたが侯爵さまから譲り受けたものなんです」

「そんな馬鹿なことがあるものか！」

「あなたが驚かれるのも無理はありませんわ。でも、これを見てください」

書棚の隠し扉から、ノエルは侯爵の日記を取りだした。

「あなたが倒れてしまって、とても心配だったの……だからなにか手がかりになるものはないかと思って探しているうちに、この日記を見つけたんです」

ノエルが指し示した日付のページに、渋々とルシアンは目を通す。

「……たしかにこの日、私は侯爵の城へ行った。二度ときみに近づかないでくれと言いにね。ところがあのいかれた老人は、見るに耐えないようないかがわしい見世物を私に見せたんだ。あのときのことは思い出したくもない」

忌まわしいものを見る表情で、ルシアンは唇を噛む。

こんな彼の姿を見ているのは、まるで自分が鞭打たれているかのようにつらい。けれどそれでも、ノエルは決意を固めていた。

「それなら、こちらも読んでみてください」

と、別のページをひらき、またルシアンに見せる。

「Lというのがあなたのことなら、ここもそうだと思うの。昨年の秋、あなたは侯爵さまを訪ねているんですわ」

「嘘だ。私にはそんな記憶はない。本当に……ないんだ」

端整な顔が苦しげにゆがみ、ルシアンは両手でこめかみを押さえた。

「ルシアン、信じられないかもしれないけれど、聞いてください。理由はわからないけど、あなたのなかにはたぶん、もうひとりのあなたがいるんです。そのもうひとりになったときの記憶が、きっとうしなわれているんですわ」

「ちがう！　そんなことが……あるわけが……」

「お願い……信じてください、ルシアン」

ノエルはルシアンの手をとり、つつむように握りしめた。

これ以上真実を突きつけたら、激昂したルシアンに軽蔑され、疎まれてしまうかもしれない。けれどそれでもかまわなかった――たとえ婚約を破棄されたとしても、ノエルにとっては愛する人を助けることが、なにより大事だった。

「私たち、結ばれたんです。この部屋で何度も愛しあったわ。嫌じゃなかった。相手があなただったから……とても嬉しかったし、幸せだったの」

「やめてくれ、ノエル！　結婚するまでは清い関係でいようと約束していたじゃないか。きみは清らかな娘だ。誰にも指一本触れさせない。そんなふしだらな――」

日記を投げ捨てたルシアンは、立ちあがって部屋を出ようとする。

そんな彼の目の前で、ノエルは静かに髪をほどいた。

ハニーゴールドの長い髪がふわりと広がり、そのままドレスを脱いでいく。がくがくと膝が小さくふるえたが、ありったけの勇気でこらえた。

「な……、やめるんだ、ノエル！」

ついでレースに飾られたシルクのコルセットとドロワーズを脱ぎさると――輝くばかりの裸身があらわれる。

「見て。これが私……本当の私です」

「ノ……エル……」

打ちのめされたような表情で呆然と立ち尽くすルシアンの腕をとり、涙ぐみながらノエルは彼の手のひらをまろやかな乳房に触れさせた。

「思い出してください。こうして私を愛したこと、思い出して……」

「だめだ。きみを穢すような真似は絶対にできない……っ」

ルシアンは、炎に触れたようにビクリと手を退いた。しかし今度は激昂することなく、愕然としながらも真剣になにかを考えている。

――彼も必死に思い出そうとしているんだわ。空白の時間を埋める記憶を。

その反応に勇気づけられ、ノエルは彼の前にひざまずいた。

「触れても穢されたりしません。私はあなたの婚約者です。いずれは妻になるのだもの……あなたに触れられたいし、愛しあいたいの」

「な、なにを。やめるんだ」

「でも、ほら見て……もうこんなに」

トラウザーズから引き出された彼の雄は、なかば立ちあがりかけていた。

肌をあわせた記憶なら、何度も覚えた快感がきっかけになりはしないだろうか。ルシアンの記憶を呼び戻す手助けになるならと、ノエルはその先端に唇を這わせた。

「う……あっ」

生温かい粘膜《ねんまく》にねっとりとつつまれ、ルシアンがうめく。しかし肉体は健全な歓びに満ち満ちて、たちまちノエルの口いっぱいに張りつめていく。

「ああっ……ノエル……や、やめるんだ……こんな、」

こみあげる快楽に、ルシアンの声がかすれている。亀頭の先端から雄蜜がじわりと滲んで、興奮を伝えてきた。

「んん……っ……旦那さま……すごい……」

ぬちゅぬちゅと卑猥な音をさせながら、ノエルは肉棒を胸のあいだに挟んでしごいた。

乳房のあいだの雄がびくん、びくんと歓ぶたびに、ノエル自身の身体もどんどん火照って、ひとりでに花芯がとろりと潤んでしまう。

「ノエル……きみは……いったい……ああ……まるで別人のようだ……」

「すべてあなたに教わったんですわ。こうするのがとてもお好きでしょう」

せつない想いを胸に抱きながらも、ノエルは愛しい人の屹立を優しく愛撫する。

ちゅぷちゅぷと甘く吸いついてはしゃぶり、深く呑みこんでは引き出す。いつしか夢中になって張りつめた亀頭に舌をからめ、裏側をやわらかく舐めあげる。

「髪を、撫でてください……いつもそうしてくださったように」

そうねだると、催眠にかけられた人のようにルシアンはノエルの髪をまさぐってくる。

「私が……きみと……こうして……ああ、だめだ。あれは汚らわしいただの夢だったはずだ——デレクに乱暴されかかっていたきみを助けたのも、バッキンガムの帰りに馬車で池のほとりに行ったのも……くそっ、なにが現実なのかわからない」

懊悩の言葉とはうらはらに、逞しい雄肉はドクドクと脈うち、ノエルのやわらかな唇を押しひろげる。

「……ちがう、あれは私じゃない。私は忌まわしい男どもからずっときみを守ってきたんだ。だから触れたくても、触れられずに……そう、触れちゃいけないと、必死に自分を戒めて――」

そう言いかけて、ルシアンは奥歯を噛みしめた。

「っ、ああ……ノエル……あぁあっ」

と――ほどなく彼の雄がブルリとふるえて、どくんと精をあふれさせた。

身体をふらつかせたルシアンが寝台に倒れかかる。

「ルシアン！」

しかし支えようと駆け寄るノエルは逆に彼に抱きかかえられ、寝台の上に押さえつけられてしまった。

「……優しいんだな、ノエル。いまのは最高に気持ちがよかったぞ」

気高い美貌はさっきまでの混乱が消えて自信にあふれ、瞳は暗い情熱に輝いている。

「あなたは、もうひとりのルシアンね……」

「ああ、やっと出てこられた……会いたかったよ。きみがさらわれたあと、すぐ連れ戻しに行きたくておかしくなりそうだった。だが不便なもので、彼が呼び出してくれないかぎり、私は表には出られない」

「やっぱりあなたが出ているあいだ、ルシアンの記憶はうしなわれてしまうんですね」

「そのとおりだ。可愛いルシィは精神的に自分を許せないような場面になると、無意識に私を呼び出して意識を放棄してしまうからな。昔からそうだった」

「ルシィ？」

「私がつけた彼の呼び名だよ。我々はふたりそろってはじめてルシアンだからね……そうだな、私のことはLとでも呼べ」

そう言うと、誘うような目つきでLはノエルの髪を撫でた。

「我々の父親……つまり先代のランチェスター伯は、遅くにもうけた嫡男を厳格に教育しようとしたんだ。すこしでも気にさわることがあれば、すぐに書斎で鞭を激しくふるった。だから物心ついたときから、服の下は傷だらけだったよ」

「そんな……おじさまが……」

先代伯爵の躾《しつけ》が厳しそうだったのは憶えているが、まさかそこまでだったとは知らず、ノエルは言葉をうしなう。

「そしてルシィは、そんな父親からの叱責をすべて真に受けてしまった。名門家の強い後継ぎになろうと懸命に努力し——それにつれてしだいに自分の心の弱い部分を許せないようになり、どうしようもなくなると私にすがるようになったんだ」

「そんなに昔からあなたが存在していたなんて、気づかなかった……」

「めったにないことだったし、私はまわりに悟られないよう、ルシィを助けるつもりでうまくやっていたからな。名門家の御曹司がイカれているなんてことがわかったら厄介だし、きみとも結婚できなくなってしまうだろう」

「じゃあ、あなたのほうは、すべてを憶えていらっしゃるのね」

「そういうことだ。愛しいノエル、きみが私のことをこんなにも深く理解してくれて、本当に感謝している。フランチェスカは元気だったか？」

「ええ、とてもよくしてくださいました。でも、大事なことは直接あなたから聞いたほうがいいとおっしゃって……教えてください。なぜルシアンは侯爵さまのところへもう一度行ったんですか」

「ルシィも私も、きみのことをずっと愛してきた。きみがうんと小さなころからだ。いずれはきみの恋人になり、夫として守り、愛し、そして家族になりたいと思っていた。だがあるとき、彼は気づいてしまった。きみを大事に思い、愛しすぎたがゆえに、性的な欲求を向けられなくなってしまったことにね」

「えっ……」

ルシアンがノエルを修道女学院に入れたのは、侯爵をはじめとする汚らわしい男どもから、彼女を安全な場所に遠ざけておくためだった。

清らかな乙女の純潔を守ってみせる——その思いが強すぎて、いざ成長した彼女に自身までが触れるのをためらうとは思ってもいず、ルシアンは大きな衝撃を受けた。

「きみを穢したくないと思うあまり、欲情の対象にすることがルシィにはどうしてもできなかった。身体が健全な欲望を訴えても、彼はそんな自分を汚らわしいと感じ、罪悪感をおぼえるようになってしまったんだ。我慢できずに自慰をするときでさえ、意識を私に譲るようになった」

去年の秋、ノエルとの面会に行ったときもルシアンは美しく成長していく彼女への愛情とともに激しい欲求を覚え、キスの途中でLに意識を譲り渡した。

「きみに触れたい、きみの心だけでなく身体も愛したい——そう思っていながら、彼にはそれができなかった。反対にルシィが苦悩すればするほど、私はきみに触れたくて……あのときも本当はすぐに結ばれたくてたまらなかった」

しかしルシアンのふりをしたLは、その衝動を抑えたのだと告げる。

「可愛いきみを怯えさせたり、傷つけたりしたくはなかったのさ。だが成長した生身のきみを間近にして、ルシィはもう私……Lという名の欲望を抑えきれる自信はないと悟った。だから、ふたたび侯爵の城に向かわざるをえなかった。侯爵の予言が当たったことを思い知らされたからだ」

「予言？」

「そうだ。はじめて会ったときから、侯爵はルシアン・ランチェスターという男の内面に巣くうよじれた執着と葛藤に気づいていた。きみを心だけではなく身体ごと愛せなければ、いつかその分裂した感情が破綻をきたすとね……。だから侯爵は城の地下にある秘密のサロンにルシィを連れていった。欲望を解放することは罪ではないと……みずからの真なる姿を受け入れるのだと、教えたかったからだ」

　だがルシアンはそれを受け入れることなどできず、一度はそのまま侯爵と決別した。

　しかし女学院で美しく成長したノエルに会えば会うほど葛藤は強まり、ルシアンはふたたび侯爵の城に向かうことを決意する。

「……ルシィはいつしか私の存在にも気づきはじめていた。あの落馬事故を境に記憶が飛んだり、他人から指摘される言動の齟齬などが大きくなってきていたからだ。だがそれを認めるのがどうしてもおそろしくて、かわいそうにひとりで苦悩しつづけていた。そうして二度目に侯爵と会ったとき、ふたたび彼は私に意識を譲った。今度は無意識にではなく、意図的にね……侯爵と話をするために、私と取引をしたのさ」

　ルシアンとちがい、Ｌは侯爵とすぐに意気投合した。

ノエルの身も心も深く愛するため、女体の秘めた官能を引き出す方法を侯爵から学んだ。

そうして日記やその他のものをすべて譲り受け、ロンドンのタウンハウスに秘密の部屋をつくった。

「並の男なら見ているだけで果てそうな光景を、私は侯爵の隣でずっと観察しつづけた。その場にいるどの女にも欲情を覚えなかった……きみのことだけを考え、きみの美しいその身体に触れ、おなじことをしたらどうなるのかと、ただそればかりを考えて、その日がくるのを心待ちにしていた」

「あ……でも、そんなことがなぜできたの。あなたはルシアンの意識を自由に出入りできないのでしょう」

「侯爵がきみを諦めるために出した条件は、きみを心身ともに……肉体を含めて満足に愛することだった。妻を歓ばせることはもちろん、いずれは世継ぎもつくらなければならない……そのために私が必要なのだと、ルシィも心の奥底でわかっていたんだよ。それに——彼だって、本当はいつでも私から意識をとり戻すことくらいできるはずだ。私がデレク・ランサムを殺すのを止めたように」

こうして定期的にルシアンはブラックバーン侯爵の城やロンドンに出向くようになり、必要があればＬに意識を譲り渡していたのだった。

「わかっただろう、ノエル。つまり、我々は協力関係にあるんだ」

「でも、ルシアンは苦しんでいますわ。あなたの存在を認めたくても受け入れられずに……ひどい頭痛やめまいに一生耐えつづけろとおっしゃるんですか」

「私の存在を認めて生きていくよう、きみが説得するしかない。私だってきみを深く愛している。きみのその身体と嗜好を満たしてやれるのは私だけだ。わかっているだろう？」

「そんな……あっ……」

Ｌの手が、真珠色にぬめる乳房をやわりと揉みしだく。

「侯爵の言ったとおりだったよ。きみは素晴らしい女性だ。深い性愛の世界に人を導いてくれる官能の女神だ。誰にでも簡単にひらける扉ではない」

「待って、いまはやめて……ルシアンを助けたい、の……だからあなたにも――あっ！」

こりっと乳首をつままれて、ノエルは身をすくめた。

「私もルシアンだ。きみに触れる勇気さえ持てないルシィになにができる？　私がいなければ子どもさえつくれない。なのにきみは、私など必要ないというのか」

バッキンガム宮殿からの帰り道、緑地で幸せそうな子ども連れの家族を見ていたときのことを、ノエルは思い出す。

あのときルシアンがひどくつらそうな顔をしていたのは、彼の意識のままでは、けして子どもを持つ行為ができないとわかっていたからだ。そしてそのあとLに意識を譲ってしまったにちがいない。

そう気づき、ますますやるせなさに胸がしめつけられる。

「ちがいます、そういうつもりでは……っ、あ、ああっ」

寝台の天蓋には金具がついていて、やわらかな絹織物のサッシュが通されている。ひとくくりにまとめられた手首にそれを結ばれ、ノエルはシーツの上に膝立ちの状態になった。

「この一週間、きみがいなくておかしくなりそうだった。いやらしい果実をたっぷりと味わいたくて我慢できない」

「おねがい、待って……いやぁ……見ないで……っ」

みずみずしい太ももが広げられ、Lの顔をまたいだ姿勢にさせられる。しなやかな裸体をさらしたノエルは、羞恥に身をよじった。

「きみだって、私のことが恋しかったのだろう。私に抱かれたくて、疼いていたはずだ」

ねっとりと濡れた舌先が、秘めやかな花びらをこじあけ、まさぐっていく。

「ん…ふぁ、ああっ……！」

「もうこんなに濡れているじゃないか。さっき口でしたときに、興奮していたな」

Lの言ったことを否定はできなかった。ノエルの身も心も、愛しい人を狂おしいほどに求めている。

快楽の深みに何度も堕ちるたびに、思い知らされた。こんなにも淫らな白分を受け入れてくれるのは彼だけなのだ。けれど――。

「わ、わかってください……あなたは……ルシアンのすべてでは……ないわ。あのひとを……助けて……」

「ならば私がルシアンになる。現実から目をそむけ、清らかな世界だけを見ていたいのなら、引っこむのはルシィのほうだ」

「だめよ、おねがい……あなたたちはふたりでひとつなのに……あ、ああっ」

「そもそも彼が私を受け入れないかぎり、我々はひとつになどなれないんだよ、ノエル」

ぴちゃぴちゃとはしたない音をたてて花芯を愛撫されるたび、下肢が甘く痺れていく。

触れられてもいない乳首が硬く尖って、ずきずきと疼いた。こんなときでさえ、彼に教えこまれた歓びはノエルの全身を火照らせていく。

「ほら、もうこんなにあふれてきた。きみはもう私なしでは生きていけない……ルシィではなく、この私を選べばいい」

ぬるりぬるりと熱い舌がうごめき、淫らな肉粒をとらえてはしゃぶりたてる。

ちゅくりと吸われ、また離れたかと思うと、今度は蜜口の奥にズルリと入りこんでは媚壁を擦り、舐めまわした。

「い、やぁ……ふあぁ…っ……」

失禁しそうなほど感じてしまい、ひとりでに細腰がびくびくと跳ねる。両手を吊り下げられたノエルが身悶えるたび、愛蜜の飛沫が太ももを濡らした。

「ん、だめぇ……、もう、舐めないで……っ」

涙目になって懇願すると、Lは舌を引き抜いた。しかし蜜口や淫核のまわりを、ねろりねろりと軟体動物のような緩慢な動きで舐めまわしてくる。

ぷっくりと色づき腫れた雌しべ、それに女芯の奥がじんじんと狂おしいほどに疼き、媚壁が物欲しげにうねっていた。

「あぁあ……あ」

「私を受け入れる、ときみは言った。その言葉を裏切ることは許さない」

いちばん欲しいところに近づいては、また離れていってしまう。焦れたノエルは無意識に、淫らな熱いぬめりを求めて腰を動かした。

「どこに欲しいんだ、ノエル」

「……あぁん……ここ……に」

夢中で懇願するが、Lは触れるか触れないかという絶妙な位置に舌を逃している。

「っ、あぁ……お願い……旦那さま……」

ちろちろと花芯をかすめる舌先を求めて、ノエルは貪婪に腰をふる。

すると彼の唇がちゅうっと肉粒を強く吸いあげ——同時に蜜壺にヌブリと指を差し入れられて、全身が激しくわななないた。

「あぁ……ふあっ…ああ……！」

ねっとりと豊潤な快感に下肢が満たされ、挿入された指を締めつけながら、ノエルは絶頂に身悶える。

彼女を見やりながら身体を起こしたLは、衣服を脱ぎさった。

膝立ちになったまま達しつづけている彼女を背後から引き寄せ、突き出した白いお尻をつかむと、蜜まみれの女芯に一気に肉棒を突き入れていく。

「ひぁあ……！　だめぇ…っ、いってる、のに……っ」

「ああ、すごい締めつけだ……この姿勢が好きだろう」

熟れた快感とともに隘路がぬぷぬぷと押し開かれて、ノエルは背を反らす。

久しぶりに味わう楔の感触は、頭が真っ白になりそうなほどの深い歓びとなって、全身をわななかせた。

「きみを愛している。たとえルシィにだろうと……誰にも渡さない……っ」

押し殺した声でつぶやきながら、Lはがつがつと飢えたように腰を打ちつけてくる。濡れた粘音と、肌と肌とがぶつかる弾けた音が室内に響いた。

「あぁっ……ルシアン……わかって、あなたたちは一緒、なんですっ……」

絹のサッシュがするりと解かれ、彼女はそのまま寝台に手をつく格好になった。

腰だけを引き上げられ、獣のように背後から深く貫かれるあられもない姿態のまま、うわごとのように言葉を紡ぐ。

「わ……私だって……なにも知らなかった……でもいまは、本当の自分を知って……それを受け入れました——ああっ……淫らではしたない私を……そう、こんなにも……あなたに溺れてしまったの……っあ、あ……んっ」

「ならばルシィのことなど忘れてしまえ。ともに私と堕ちよう、ノエル……この甘美な地獄に。他には誰もいらない」

「ああ、ルシアン」

あられもなく掲げた腰をみずから揺らしながら、ノエルは恍惚ととろけた瞳で、鏡に映りこんだ婚約者を見つめた。

ノエルを愛しすぎたから、ルシアンはふたつの人格にこれほど苦悩している——そうフランチェスカに言われた言葉が、ふっと頭をよぎった。

「ああ……憶えてます……昔、あなたが森で私を助けてくれたこと……あなたはとても勇敢で、同時に優しかった……あのとき、私は本当にあなたに恋したの」

そう告げて彼の左腕に顔を寄せると、薄れた古い傷痕に、せいいっぱいの想いをこめてくちづける。

鏡に映ったLの表情に、驚きと逡巡が広がったように見えた。

「ノエル、きみは……」

「思い…出して。あなたはLでも、ルシィでもないはずです……ああ……私の騎士《ナイト》はルシアン、あなたひとりだけ、なの……っ」

彼の執着そのままに猛った屹立を、蜜襞がじゅくりと吸いあげるようにうごめく。

充血しきった媚壁をたっぷりと奥深くまで貫かれ、ずくずくと捏ねまわされて――もう子壺がたまらなく疼いてしまって、おかしくなりそうだった。

「愛しています……あなたはこんな……こんな淫らな私を受け入れてくださいました……あなたがどんなかたであろうと、どんな仕打ちをされようと、拒んだりしません。あなたがいなければ生きていけないの……だから――あ、ふぁあ……ん」

「なんて淫らで美しい顔だ。きみは見事に開花した……この私の手で……」

肉棒がドクリと脈うち、子壺の入り口をずんずんと突き上げてくる。もっと、もっととノエルは歓喜の声をあげて妖艶に微笑む。

「ああ……きて……きて……旦那さま……私が愛するのはあなただけ……ん、ああっ……、ふぁ、あぁあっ……」

「ノエル…ッ――」

ひときわ強靭な快楽が腰を突き上げてきて、ノエルは絶頂を迎えていく。

ふくれあがった怒張が体内でビクビクとふるえ、熱い奔流がほとばしるのを感じながら、つぎつぎと波のように押し寄せてくる深い愉悦に身をまかせた。

めくるめく官能の歓びに二度、三度と身体をふるわせ、やがて弛緩した身体をくったりと寝台に横たえる。

「ん……あ……キス、して……」

とろりとした快楽の余韻を火照った身体に感じながら、愛しい人のぬくもりと囁きにうっとりと瞳を閉じる。優しくくちづけられながら、甘い睡魔に誘われていった。

「ありがとう。ノエル。ずっと、きみを愛してる」

遠のく意識にせつなげな声が小さく響いて、そして消えた。

そして――。

「う……ん」

ひどく長い夢を見ていたような気がして、ノエルはゆっくりと目を覚ました。

——ここは……どこ……？

いまはもう人手に渡ってしまったレディントン家の子ども部屋、女学院の簡素な天井。そしてランチェスター家の華麗な城館、窓から緑の庭園が見えるタウンハウスの自室……そのどれともちがう暗い室内に、しだいに目が慣れてくる。

「あ……」

見慣れた金具とサッシュの下がった天蓋。それに大きな姿見の鏡、壁にかけられた淫猥な絵画の数々。まだ秘密の部屋にいるのだと気づく。

——どうして……？　いつもはお部屋で目が覚めるのに。

と、顔を上げれば目の前にはルシアンの秀麗な寝顔があり、ノエルはまた驚いた。彼とこの部屋で眠っていただなんて、こんなことはこれまで一度もなかったのだ。

「……起きたのか、ノエル」

瞼がうっすらとひらいて、美しい緑の瞳が彼女をじっと見つめた。

「あなたは誰……ルシアン……なの？」

「ああ、そうだ」

ハニーゴールドの髪がからまる裸の肩を、優しく撫でられる。

「でも、あなたがルシアンなら、こんなことを許すはずがありませんわ」

「ああ、これまでの私ならね」

凛々しいまなざしで口もとをほころばせながら、どこか悪戯っぽく笑う。そんな彼を、ノエルはまさか…と見あげた。

「これまでの記憶はすべて戻った。戻ったというか、私が受け入れたんだ。彼のことを」

「えっ……」

「だからルシィとLはひとつになって、ここに私がいる」

「ああ、ルシアン！」

見ひらかれたスミレ色の瞳から、ほろほろと大粒の涙がこぼれ落ちる。そんなノエルをルシアンは強く抱きしめた。

「でも、どうして……？」

「もちろん、きみのおかげに決まっているじゃないか。大事なことを思い出させてくれて、本当にありがとう。ああ、ノエル……きみには感謝してもしきれない」

甘いくちづけを頬や耳朶に散らしながら、ルシアンは心底嬉しそうだった。こんな彼の笑顔を見るのは久しぶりのような気がして、ノエルの胸が熱くなる。

「ランチェスター家に生まれてからずっと、私は両親に過大なほどの期待を受けて育っていたんだ。そのせいか幼いころから私は精神的にきつくなると、いつもLを呼び出して彼に頼る癖がついてしまっていたらしい。だが唯一、きみが森で襲われそうになったあの日はちがった。きみを守りたくて夢中だった私に、Lが勇気をくれた。あのとき、我々はひとつだった――そう、いまの私のように」

「じゃあ、あのとき私が恋に落ちたあなたが、いまの……本当のあなただったんですね」

涙ぐむノエルに、ルシアンは優しくくちづける。

「ああ、そうだ。きみを大事に思うあまり、かえって苦しめてしまった……許してくれ」

「いいえ、いちばん苦しんでいたのは私ではなくあなたです。そして、もうあなたは弱い人じゃない……とても強い心をお持ちになったのよ」

「男としてきみを求める心を恥じ、どうしても許せなかったのは、私の弱さの裏返しだった。本当はきみを抱きしめ、愛したくてしかたがなかったのに――きみを聖女のようにあがめているばかりで、欲望を認めることができなかった」

「でもいまはちがいますわ。あなたはもう、本当のご自分をすべて受け入れた。それに勝る喜びはないわ……だって、あなたがあなたらしく生きてくださることが、私にとっての幸せなんですもの」

　嬉しさのあまり、ノエルは自分からルシアンにちゅっとキスをする。

　それにルシアンが応え、いつしかふたりは甘くとろけるようなくちづけを何度も何度も交わした。

「愛しているよ。私の可愛い淫らな花嫁」

　ルシアンがぎゅっと彼女を抱き寄せると、硬くなった彼の一部が太ももにあたった。

「あの、ルシアン、もう朝だわ……」

「この部屋には朝も夜もないさ。それに、新しくなった自分としてきみを心ゆくまで愛したい。いけないか？」

　そう囁かれて、ノエルは恥じらいながらも小さく頷く。

「ありがとう。きみは本当に素敵だ」

　ちゅく、とついばむようなキスをされ、乳房をやわらかくつつんだ手が手触りを確かめるように肌を撫でる。

「ん……、あ、ん」

「もう歓んでいるなんて、いやらしい人だ」

「だめ……、おっしゃらないで……」

指先でそっと乳首を転がされ、それだけでノエルの息は熱く乱れた。尖っていく薄桃色の粒をくにくにと転がされ、つままれて、しだいに甘い疼きが全身に広がっていく。

「……とても不思議な気持ちだ。あれほどきみに触れるのがこわかったのに、いまは愛おしさで胸がはちきれそうだ。それに、とても興奮してる……腰の奥が熱くて、うずうずするんだ」

凛々しげながらも蠱惑的なまなざしで見つめながら、ルシアンはノエルの秘められた花園にもそっと指をのばしてくる。

「すごいな。もうこんなに……きみも、私が欲しくてたまらないんだな」

潤んだ花びらをとろとろとかき混ぜられて、ノエルの身体も火照っていく。

と、ルシアンはノエルの身体を抱きかかえてくるりと反転する。

「ルシアン……？」

ノエルが上になったところで四つ這いにさせると、自分は彼女とは逆さまの位置に横たわって、細い腰を抱きしめた。

「あ、ん……やあ、恥ずかしいの……」

愛らしいお尻をあますところなくのぞきこまれて、ノエルは真っ赤になる。かわりに彼女の目の前には逞しい屹立がそびえていて、ドキドキしてしまう。

「いじられると夢中になってしまうくせに、すなおじゃないね」

潤んだ花びらをツウッと撫でられ、背中がひくんと跳ねる。たったそれだけの刺激でお腹の奥がかあっと熱くなって、じんわりと隘路が潤んでいく。

「ん、いやぁ……あまり……見ないでください……」

「でも蜜が、もうあふれてきているじゃないか。本当は見られて感じているんだろう？ とろとろに熟れた花びらが珊瑚色に色づいて……ああ、入り口もヒクヒクしている。とてもいやらしい眺めだ」

「ん、だめぇ……っ」

ふっくらとしたお尻をつかまれ、わざと左右に大きく押し開かれて、ノエルは涙目になる。しかし舌先がぬるりと秘裂を舐めあげると、たちまち押し寄せる快楽に喘いだ。

「あ、んん……、ん、ふぁあ……ああっ」

「小さな雌しべもぷっくり腫れている。蜜に濡れ光って、飴のようだ」

「……あ、ああっ！　あ、ああ、あ！」

伸ばされた舌が淫核にからみ、コリコリと弾くように舐めまわす。たまらないほど甘美な痺れに間欠的におそわれて、太ももがふるふると揺れてしまう。

凝った突起から蜜口へ、そして蜜口の浅いところからまた突起へと――ぴちゃぴちゃと何度も焦らすような動きに、悶えるほどの快楽をふくらまされていく。

「ん、あふ……ん、ん」

腰を高く掲げたまま、ノエルはルシアンの引き締まった腹部の上にくったりと頭を下ろす。目の前には硬く勃起した立派な肉棒が、お臍につきそうなほどそり返っていた。

――ああ……。

淫猥な欲望と彼への愛おしさがないまぜになり、スミレ色の瞳が潤む。そっと唇を寄せて逞しい幹を食むように横咥《ぐわ》えすると、びくびくっと反応した。

「っ……、はしたない令嬢だね。そんなに欲しいのか」

「ん……、は、はい……ン、ふ……」

見せつけるように腰を揺すられ、剛直が揺れる。シルクのようにすべらかな肌にノエルは優しくキスして、とろとろと全体に舌先を這わせていく。

「ああ……なんていやらしいんだ」

すると今度は息を弾ませたルシアンのほうが、ぐちゅりと奥に舌をねじ込んでくる。昨晩、太い楔をたっぷりと受け入れていた膣道は、熟れた果実のようにやわらかい。

「ひ、あん……っ、んっ」

「美味しいよ、ノエル」

「やぁ……もう、ルシアンったら……」

ぞくぞくと快感がはしりぬけ、媚壁がわななく。あふれる愛液を啜《すす》られながら火照ったやわ襞をぬるぬるとこすられて、たまらなく気持ちがよかった。

陶然となりながらノエルも肉棒をさすり、愛おしげにしゃぶっているうちに、隷属の歓びがじんじんとこみあげてきて胸を満たした。

「もっと深く呑みこんで」

「は、はい……あん……大きい…です……旦那さま……」

逞しく張り出した亀頭を咥えて、ちゅくちゅくと舌をからめて吸いあげる。そのまま喉奥のほうまでずっぷりと迎え入れ、また引き出すのをくり返す。

「く……ノエル、すごく悦いっ……もっと」

ぎしりと腹筋を浮きあがらせて、ルシアンがうめく。

そもそもこの愛技を教えたのはかつてのLなのだから、彼の感じるところをノエルは知りつくしていることになる。

ただLは、あくまでルシアンの一部分でしかなかったし、そのときの記憶はうしなわれていた。だからいまのルシアンにとっては、ほぼはじめてノエルと愛しあう新鮮な感覚で満たされていることになる。

しかしそれでいて記憶がよみがえったいまは侯爵から譲り受けた知識も得ているから、愛技のかぎりを尽くして、ノエルの弱いところをたっぷりと攻めたててくるのだ。

「ああ、あふれてきてとまらないな」

ちゃぷちゃぷと淫らな音をたてながら、ルシアンはノエルの花園にむしゃぶりついた。

――ん、あ……そ、んなに……激しく、なさらないで……。

太く硬いものをじゅぷじゅぷと咥えしゃぶりながら、ノエルは頭の奥が灼ききれそうな恍惚にうちふるえた。しだいに快感が高まってきて、蜜壺がひくんひくんとねだるように彼の舌を締めつけてしまう。

するとルシアンの指が淫芽に伸びて、きゅううっとつまみあげた。

「ん、んうう！　ん、ふう……っ」

くぐもった声で喘ぎながら、ノエルは腰をくねらせた。しかし、あとすこしで昇りつめるというときに、指も舌も離れてしまう。

「あ……ぁん」

思わず肉棒を放し、ノエルは恨めしげにルシアンをふり返る。

すると――。

「どうした、ノエル。おねだりのやり方なら教えただろう？　やってみなさい」

「は、はい……」

そう、この妖しい緑の瞳に見つめられ、命じられる歓び。

とろりと花芯が潤み、背筋がゾクゾクした。

「……ください、旦那さま……」

みずからそっと脚をひらくと、ノエルはぬかるんで濡れ光る花芯に指を這わせ、くちゃくちゃとかき混ぜた。

たちまち恥ずかしさと快感が押し寄せてきて、ああ…、と悩ましい声を殺しながら花弁を見せつけるように押しひろげた。

「もう……我慢できません……おねがい……ここにください」

するとルシアンは、彼女の腕を引いて起きあがらせた。

「ああ、ルシアン……」

「悪い子だ。そんなふうに誘われたら、もう我慢できない」

優しくシーツの上に横たえられて、ゆっくりとくちづけを交わす。

ノエルの腕がルシアンの背にそっとまわされ、硬い雄のあかしが濡れた蜜口の奥深くに埋めこまれていく。

「ノエル……ああ……素敵だ。もっと欲しい……」

「わ、たしも……私もよ、ルシアン──あ、あっ……！」

ずく、ずくん、と律動《りつどう》がはやまり、ルシアンは腰を打ちつけていく。

ときおり覚えのある動きで感じるところをこすられ、穿たれて、ノエルはうっとりと身をまかせた。

「もう離さない。きみの身も心も私のものだ」

「ええ、あなたは……私の騎士《ナイト》だもの……」

幼い日に出逢ったあの日から、さまざまな出来事がふたりのあいだを分かとうとしてきた──けれどなにがあっても、何度嵐が襲ってこようと、もうふたりが離れることは二度とないのだ。

ぬめる艶をおびた乳房をすくい上げられ、大きく揉みしだかれて、ノエルは身悶えた。

硬くなった乳首をちゅくんと唇で吸いあげられ、ぬるぬるした舌にくるまれて転がされると、たまらなく甘い疼きが身体のなかを駆けめぐった。

「あっ……、ん、やぁあ、そこ……だめ……ぇっ」

「だめと言うときほど、嬉しそうに締めつけてくるじゃないか」

「や、ちが…うの……っ」

「もっと乱れてもいいんだぞ、ノエル。なんなら誰か使用人を呼んで、見てもらおうか」

「ん、だめ……ああ、そんな……いけないの……っ」

そんな倒錯的な提案を囁かれ、ノエルはいやいやと首をふる。

しかしルシアンに言われたとおり、妖しい高ぶりが脈をはやめ、逞しい雄肉をきゅんきゅんとねだるように締めつけてしまった。

「ほら、きみはとても正直だ。いやらしい想像をして興奮したんだろう」

「んやぁ、ちがうの……いじわるしないで……」

とろんと瞳を潤ませながら、ノエルは婚約者にすがりつく。

蜜壺をぐちゅぐちゅと捏ねまわす雄肉の律動が、たまらなく気持ちいい。

感じるところをつぶさに擦られ、揉まれ、捏ねまわされて――甘い熱とともに愉悦がぐんぐんふくらんでいく。

「ああ、ノエル……このまま、きみのなかに……」

「ええ……きて。愛しい旦那さま――」

あふれるほどの幸福感にめまいさえ覚えながら、恋人たちは快楽の高みへと溺れていく。

とろけるような快感と、彼への胸いっぱいの愛を感じて――ノエルは悩ましい肢体をくねらせながら、甘く淫らな喘ぎをもらした。

終章　愛戯

湖畔の森に、澄んだ教会の鐘の音が響きわたる。

この日――ランチェスターの城館では、若き伯爵と愛らしい花嫁との結婚式がとり行われていた。

華やかに飾り立てられた華麗な城館に、英国のみならず欧州各国から名だたる貴族たちが集まった披露宴は見事なもので、あちこちで取材の写真を焚くライトが光っていた。

「叔母さま、おめでとうございます」

「まあ、ギルバート。それにあなたたちも。お元気そうでなによりですわ」

優雅な庭園に広がる宴席のなか、日よけの天幕のひとつに座っていたノエルの母に、両親を連れたギルバート・ダウニングが挨拶をする。

ルシアン、ノエルのたっての願いがかない、ノエルの母は挙式の半月前からランチェスターの城館に滞在していた。

手厚い歓迎と待遇を受け、娘の幸福を目の当たりにしたおかげか、いまは心身ともに目覚ましい回復をとげて穏やかな日々を送っている。

「ふたりから聞いたわ。ギルバート、あなたにもいろいろご心配をおかけしたようね」

「とんでもない。あれはただの一時的なマリッジブルーでしたから。いまはもうだいじょうぶですよ」

にこやかに答えながら、ギルバートは胸のあたりを叩いた。

両親や叔母たちに、けして真実を告げることはできない――そう心のなかでつぶやく。凛々しい青年医師のまなざしが、どこかせつなげな影を落としていることには誰も気づかなかった。

「そういえば、花婿と花嫁の姿が見えませんわねえ」

「きっと、新しい衣装に着替えているところでしょう。なにせ王室や各名門家から贈られた衣装や宝飾品が山のようにあるのですから」

「すこし支度に時間がかかっているようですね。僕がようすを見てきます」

そう言って一礼すると、ギルバートは宴の天幕から離れた。

「……しかしなんという豪華な披露宴だろう。こんな立派な挙式に参列するのは久しぶりだよ」

「ええ、本当に。ノエルさまには苦労なさったぶん、おしあわせになってほしいわ」

そんな会話が、着飾った招待客からも聞こえるなか。

天幕の片隅では黒髪に赤い唇、長身の麗しい貴婦人が、シャンパングラスをそっと傾けながらひとり微笑んでいるのだった。

そして楽団の演奏が爽やかな夏風に乗って流れるなか、城館にほど近い森のなかでは――。


「ねえ、ルシアン……やっぱり、戻りましょう」

明るい木漏れ日がきらきらと揺れる木陰《こかげ》で、純白のウエディングドレスを着たノエルは、おなじく真っ白な正装に身をつつんだルシアンとふたりきりでたたずんでいた。

「なぜだ？　やっとふたりきりになれたというのに」

「だって、みなさんをお待たせするのは気がひけ――あ……ん」

銀鈴のような可憐な声が、小さくふるえる。

ふんわりと広がるドレスの前裾が大きく持ちあげられて、薄絹の長靴下とガーターベルトが丸見えになる。それ以外に、花嫁は下着をつけてはいなかった。

「だめ……見ないで……」

「いやらしい花嫁だね。ドレスの下になにもつけていないなんて」

「ひ、ひどいわ。それはあなたが……、あ、ふぁ……んっ」

ガーターベルトの下、陽光にさらされている淫らな秘裂に、ルシアンの指が伸びる。

「もうこんなにとろとろにして、悪い子だな。式の最中、ずっと興奮していたんだろう」

「あぁん……、ちがうの……だって……」

さらに彼がノエルの下肢をまさぐると、愛蜜を滴らせた女芯には、細い革ひもで固定された淫具がみっちりと埋められていた。

「ずっと……我慢……してたの……あ、歩くたびになかが擦れて…たまらなくて……」

「だからそれを外してやるために、ここに来たんだろう」

革ひもを緩めながら、ルシアンは秀麗な美貌に淫蕩な笑みを浮かべた。

すると濡れそぼった蜜壺から糸を引いて、小さな大理石の玉を連ねた淫具が、ぬるるっと押し出されてくる。

「っあ……ふっ……ああん……」

膣道をつるりとした石が擦るたびに、ノエルは腰をひくひくとわななかせて喘いだ。

全身がずきずきと淫らに疼いて、スミレ色の瞳はとろりと潤みきっている。

「もっとちがうものが欲しそうだな」

「ん……いけませんわ……だって、戻らないと……」

「ならば迷っている時間はないな。用をすませれば、それだけはやく宴席に戻れるのだから。そうだろう?」

緑の瞳が妖しく輝き、ノエルの心は魅了されたように甘くときめいてしまう。

夫を歓ばせ、満足させるにはどうすればいいのか、よくわかっていた。同時に――それにたまらなく興奮してしまう自分にも。

「わ、わかりましたわ……」

腰の奥からこみあげてくる甘い火照りに耐えかねて、ノエルは後ろを向いて木の幹に手をついた。

そうして頬を染めながら、腰をツンと突き出すと、

「ドレスもだ」

そう命じられ、あまりの羞恥にああ…、と瞳をさらに潤ませながらも、おずおずとドレスを腰までたくしあげ、愛らしい裸のお尻をさらした。

「お願い、はやくください……旦那さま……」

「それでこそ、淫らで美しい私の妻だ」

背後からルシアンが耳朶に優しくくちづけ、すでに淫具で熟れきった蜜口に、逞しいものが侵入してくる。

「……あっ……ふぁぁ…ん」

太く熱いものの感触に、ノエルは恍惚と背を反らす。

胸元が深くひらいたウエディングドレスは、ルシアンがすこし押し下げただけでふるん、とふたつのふくらみを露出させてしまう。

真珠色にぬめ光る乳房を両手でつかまれ、大きく揺さぶられて——そんな刺激にさえ、媚壁がきゅんと反応して愛しい人のものを締めつけてしまう。

「こんなに物欲しげにからみついて、いけない花嫁だ……もっと恥ずかしいお仕置きが必要だな」

「ああ……ルシアン……そんな、いじめちゃいやぁ……」

「また締まった。本当はそうして欲しくて、興奮しているんだろう？」

ガサリ、と背後の茂みが揺れたような気がしたが、なかば夢心地で腰を揺らしているノエルは気づかない。

「あん……、どうか……なさったの……あ、ん、ん」

「いや、なんでもない。ここにも客を招待してやればよかったと思ってね。我々がこうして愉しむ姿を、たっぷりと見せつけてやるんだ」

「いや、いや……そんな……だめ、ああん……ぜったいだめなの……」

いやらしい妄想を吹きこまれ、ノエルの身体はさらに高ぶり、とろとろと愛蜜を滴らせてしまう。

「いいぞ。さあ、もっと淫らに啼いてごらん。愛しい私のノエル」

ずん、ずんっと激しく腰を打ちつけるルシアンの瞳に、熾火のように激しく獰猛な光が、流星のようによぎっては消える。

「ん、は……ああ……、もっと、して……大好きな旦那さま……」

そんな夫の表情にも気づかないまま、ノエルは突き上げてくる深い快感にたゆたいながら、無上の恍惚感にうっとりと溺れていくのだった。

あとがき

ソーニャ文庫さんでは初めましてになります、真山《まやま》きよはです。

『繋《つな》がれた欲望』をお手にとっていただきまして、どうもありがとうございます！

歪んだ愛は美しい。――という魅惑的なコンセプトで書かせていただき、気づけば趣味をみっちり詰め込んだ作品になりました。

ある資質を持って生まれてしまったため運命に翻弄されてしまうヒロイン・ノエルと婚約者のルシアン、そして彼らをとりまく人々の物語です。

タイトルにもありますように、さまざまな欲望が淫靡《いんび》に絡みあっておりますので、どうぞお楽しみくださいませ。

もともとは、英国のゴシック調の古城を舞台に、夜ごと催される淫靡な宴……そして二面性を持つミステリアスなヒーロー、というイメージから出発したお話だったのですが、気がついたらこんな展開になっていました。

変態さん……もとい倒錯《とうさく》的な嗜好《しこう》にもいろいろございますね。あまりマニアックにならないよう気をつけたつもりなんですが。（本当に誰得だと思うんですけどエロ爺設定が大好きなので、侯爵の日記を別途書き下ろしたい勢い）

ヒーローにねっとり官能を教えられて開花していくヒロインがもう本当に萌えるので、そのあたりの過程もあれこれ妄想をふくらませて楽しく書きました。

それと今回嬉しかったのは、麗しいお姉さまとの妖しいシーンが書けたことですね。なかなかこうした流れも設定との相性がありますので（今回も強引じゃないかというツッコミはさておき）、嬉々として筆が進みました……。他にもいつもの風呂&野外っぽいプレイも変化球風味で入れられて満足しております！

そのうえ蔀《しとみ》シャロン先生の美しくもエロティックなイラストの数々に飾っていただき、もう大いにたぎってしまいました……！　慈悲深い心と官能的な肢体《したい》をあわせもつノエル、また苦悩する青年と支配者の側面をもつルシアン。ふたりを魅力的な筆致《ひっち》で描いていただき、感激です。本当にありがとうございました。

本編を読み終えたあと表紙をもう一度見直していただければ、なぜ鎖がルシアンの腕に巻きついているのかおわかりいただけると思います。そして彼の表情にも、蔀先生のご提案で素敵な秘密が……！　ぜひ左右の微妙な差にご注目くださいね！

つねに楽しい雰囲気でお仕事を進めてくださいました担当さま、温かいご配慮の数々に感謝しております。また本書を刊行するにあたり、お力添えをいただきましたすべての皆様にも厚くお礼申しあげます。

そしてこの本をお手に取ってくださった読者様に、最大級の感謝を捧げます！

またどこかでお目にかかれますことを、心から願っております。

真山きよは

公式ブログ　http://rivage2012.blog.fc2.com/

ソーニャ文庫

この本を読んでのご意見・ご感想をお待ちしております。

◆ あて先 ◆

〒101-0051
東京都千代田区神田神保町2-4-7 久月神田ビル7階
㈱イースト・プレス　ソーニャ文庫編集部
真山きよは先生／蔀シャロン先生

繋《つな》がれた欲望《よくぼう》

2016年3月7日　第1刷発行

著　　者　真山《まやま》きよは
イラスト　蔀《しとみ》シャロン
装　　丁　imagejack.inc
D T P　松井和彌
編集・発行人　安本千恵子
発 行 所　株式会社イースト・プレス
〒101-0051
東京都千代田区神田神保町2-4-7 久月神田ビル8階
TEL 03-5213-4700　FAX 03-5213-4701
印 刷 所　中央精版印刷株式会社

ISBN 978-4-7816-9572-3
定価はカバーに表示してあります。

Sonya ソーニャ文庫の本

『狂鬼《きょうき》の愛《いと》し子』 宇奈月香

イラスト サマミヤアカザ

Sonya ソーニャ文庫の本

『王太子の情《じょう》火《か》』 奥山鏡

イラスト 緒花